Lucas Palm
**Weg von hier**
*Roman*

müry salzmann

Man nehme eine brennende Kohle und lege sie auf meine Hand. Wollte ich nun sagen, die Kohle brenne meine Hand, so täte ich ihr gar unrecht. Soll ich aber zutreffend sagen, was mich brennt: das „Nicht" tut's, denn die Kohle hat etwas in sich, was meine Hand *nicht* hat. Seht, eben dieses „Nicht" brennt mich.
*Meister Eckhart*

Des „je t'aime" de quatorze-juillet...
*Edith Piaf*

**VERMEILLE**

*Erstes Kapitel*

Wie glücklich er sie mache, sagte die Mutter lächelnd und fuhr über den roten Streifen der Frankreichflagge, die Christian soeben an seine Zimmerwand genagelt hatte.

Er habe sie selbst genäht, sagte Christian und versuchte aus Verlegenheit, stolz zu klingen, im Handarbeitsunterricht, fast das ganze Semester habe er dafür gebraucht. Gianni habe eine Italienflagge genäht. Bei der Abschlussfeier am Nachmittag habe sie Fabian, mit dem er sich früher gut verstanden habe, gefragt, ob sie sich für etwas Besseres als die Schweizer hielten, nur weil sie Ausländer seien. Gianni und er hätten natürlich bejaht, nicht nur, um ihn zu ärgern. Sie hätte Fabians Gesicht sehen müssen.

Ob er die Flagge schon dem Vater gezeigt habe?, fragte die Mutter ausweichend.

Nein, warum auch, antwortete Christian. Was solle ein Österreicher denn mit einer Frankreichflagge? Außerdem: Früher oder später werde er sie ohnehin hängen sehen.

Wie er meine, sagte die Mutter, und Christian bemerkte, dass sie sich aus Rücksicht auf ihn zurückhielt.

In diesem Augenblick läutete ihr Handy. Das sei die Großmutter, sagte sie, strich Christian übers Haar und ging hinüber in ihr Zimmer. Christian schloss die Tür, setzte sich an den Bettrand, sah auf die Flagge. Die Großmutter musste wohl gerade in Südfrankreich, in Vermeille, angekommen sein, dachte er. Am Vormittag war sie von Tours, wo sie seit dem Tod des Großvaters nur noch den Winter über wohnte, abgefahren. Bestimmt saß sie jetzt, während sie die Mutter zu überreden versuchte, wenigstens auf ein paar Tage hinunter nach Vermeille zu kommen, auf dem Balkon, sah aufs Meer, in die Bucht, in der sie vor vier Jahren die Asche des Großvaters verstreut hatte.

Christian konnte die Abfahrt in zwei Tagen kaum erwarten. Das erste Mal würde er allein nach Vermeille fahren. Was hatte sich, seit er letztes Jahr dort gewesen war, nicht alles verändert. Er erinnerte sich, wie er damals, am letzten Abend vor der Rückfahrt nach Zürich, am Strand entlang spaziert war und drei, vier Jungs in seinem Alter, die am Ufer herumgetobt und sich gegenseitig ins Wasser geworfen hatten, ihm zugerufen hatten, er solle doch zu ihnen ins Wasser kommen, sie schwämmen gleich aufs Floß. Er hatte so getan, als höre er sie nicht, sich weggedreht und war immer schneller Richtung Avenue Dreyfus gegangen, aus Angst, sie würden gleich aus dem Wasser steigen und ihn hineinschmeißen. Was war er damals nur für eine lächerliche Figur gewesen. Gerade einmal eine Woche hatte er dort verbracht, und jeden Tag hatte er sich nach Zürich gesehnt, danach, mit seinen Schweizer Freunden Schweizerdeutsch zu sprechen, Schweizerdeutsch zu hören, Vertrautes, wie er damals geglaubt oder sich eingeredet hatte, um sich zu haben. Wäre vor ein paar Monaten Gianni nicht in seine Klasse gekommen, er würde wohl immer noch glauben, er sei hier zu Hause, er gehöre hierher. Er würde sich wohl immer noch als Schweizer fühlen.

In diesen Sommerferien würde alles anders: Er sah sich schon mit den Jugendlichen von dort, seinen Landsleuten, als Gruppe in der prallen Sonne liegen, sah sich mit ihnen an den Strandgästen vorbei ins Wasser rennen, sah sich mit ihnen auf dem Floß, sich gegenseitig ins Wasser werfend.

Gut, dachte er, dass der Vater, seine Zwillingsschwester Marie und ihre beste Freundin Katja erst eine Woche später, nach ihrer Gymnasiums-Aufnahmeprüfung, nach Vermeille kamen. Er stellte sich vor, wie sie am Strand vor allen Leuten mit ihm schweizerdeutsch redeten, und dann der Vater mit seinem Schriftdeutsch... Man würde ihn, Christian, für einen Nichtfranzosen, für einen Ausländer halten.

Er ging hinunter ins Wohnzimmer, wo der Vater vor dem Fernseher saß, Marie neben ihm. Christian habe gerade die *Marseillaise* verpasst, sagte der Vater gespielt vorwurfsvoll.

Christian hatte ganz vergessen, dass an diesem Nachmittag das Freundschaftsspiel zwischen Frankreich und Österreich stattfand, von dem der Vater kürzlich bei Tisch noch gesprochen hatte. Er ärgerte sich, heruntergekommen zu sein, hatte er sich doch tags davor noch vorgenommen, während dieses Spiels zu verschwinden, in die Stadt oder sonst wohin. Die ersten Takte der österreichischen Bundeshymne erklangen. Der Vater sprang auf, zerrte Christian neben sich, legte seinen linken Arm über Christians Schulter, presste seine rechte Handfläche ans Herz und forderte Christian auf, es ihm gleich zu tun. Auf dem Bildschirm erschienen die den Text vor sich hin murmelnden Spieler, einer nach dem anderen. Der Vater begann, absichtlich falsch mitzusingen, wobei er Christian an sich drückte. Marie lachte, aber wohl nur aus Anstand gegenüber dem Vater. Er deutete eine ruckartige Bewegung an, um dem Vater zu verstehen zu geben, er solle ihn loslassen, aber der Vater sang weiter und fasste ihn nur noch fester an der Schulter. Christian solle seinem Vaterland Ehre erweisen!, sagte er wieder in halbernstem Befehlston. Da versetzte Christian ihm mit seinem rechten Ellbogen einen so starken Stoß in die Rippen, dass der Vater seitlich zu Boden stürzte. Marie saß da wie gelähmt, mit geradem Rücken auf der Vorderkante des Sofasitzes, starrte mit aufgerissenen Augen zu Boden, als wollte sie nicht sehen, was weiter geschah. Sich mit einem Ellbogen am Boden aufstützend, sah der Vater Christian mit einem Blick an, der auf alles gefasst war. Christian wich ihm nicht aus, hob das Kinn leicht, machte zwei, drei Schritte zurück, ohne den Vater aus den Augen zu lassen, eilte schließlich aus dem Wohnzimmer, stampfte hinauf in sein Zimmer und knallte die Tür hinter sich zu. Er öffnete das Fenster, atmete ein Mal tief ein und aus. Er bereute nicht, was er getan hatte; früher oder später hätte es ohnehin so weit kommen müssen.

Sein Handy läutete. Es war Gianni, außer sich: Er habe eine Lehrstelle, vor einer Viertelstunde habe er den Lehrvertrag unterschrieben! Eine Lehrstelle in einem kleinen Computer-Ersatzteil-Geschäft, das Beppe, einem Jugendfreund seines Vaters, einem Italiener, gehöre, der zwei, drei Jahre nach ihnen hierher gezogen sei und den er, Gianni, noch von früher kenne.

Er habe gedacht, fragte Christian irritiert, sie gingen die Suche nach einer Lehrstelle erst nach den Sommerferien an?

Das habe er ja auch vorgehabt, versicherte ihm Gianni, aber als er nach der Abschlussfeier nach Hause gekommen sei, habe sein Vater ihn ins Auto gesteckt und ihm gesagt, er habe ein Vorstellungsgespräch bei Beppe organisiert, der sei gerade auf Lehrlingssuche. Vor dem Geschäft habe er ihn dann abgesetzt, ganz in der Nähe der Löwenstraße, und als er, Gianni, das Geschäft betreten habe, sei er prompt auf Italienisch begrüßt worden, mit einem *buon giorno*, so dass er sich für einen Augenblick wie zu Hause, wie in den Sommerferien in Kalabrien gefühlt habe. Das gesamte Vorstellungsgespräch hätten sie dann auf Italienisch geführt, ausschließlich auf Italienisch, auf Kalabresisch sogar, und die Mitarbeiter seien, bis auf einen Mailänder, wie er aus Kalabrien. Den Mailänder äfften sie öfter nach mit seinem norditalienischen Akzent, vor allem, wenn sie merkten, dass er sie nicht sofort verstanden habe.

Jedenfalls müsse Christian an diesem Abend unbedingt mitkommen: Die Söhne Beppes, Zwillinge, mit denen er als Kind öfter gespielt und die er nach dem Vorstellungsgespräch seit langem wiedergesehen habe, hätten ihn zu einer Ausländerparty eingeladen. Christian müsse sich das vorstellen, sagte Gianni und lachte auf, das gebe es tatsächlich: Der Eintritt sei nur Leuten mit einem ausländischen, einem nichtschweizerischen Ausweis gestattet, das Alter spiele keine Rolle, und angeblich werde man, so die Zwillinge, dort schief angesehen und zurechtgewiesen, wenn man schweizerdeutsch sprach. Die Zwillinge seien ab neun Uhr dort, Christian und er könnten sich um halb neun beim Schnellbahnhof treffen.

Christian sagte zu. Er musste, dachte er nach dem Telefonat, sich nach den Sommerferien sofort nach einer Lehrstelle umschauen. Aber die Sommerferien durfte er sich deswegen nicht verderben lassen. Es war noch Zeit genug.

Behutsam öffnete er die Zimmertür, schlich am Zimmer der Mutter, von wo nichts zu hören war, vorbei und die knarrende Holzstiege hinunter, blieb nach nur wenigen Absätzen stehen und lauschte, ob der Vater und Marie noch im Wohnzimmer waren. Nichts zu hören. Der Vater hatte sich wahrscheinlich hinunter in sein Zimmer verkrochen.

Er setzte sich draußen auf die kleine Gartenstiege vor der Haustür, die er hinter sich offen ließ. Die Stufen waren noch warm von der Nachmittagssonne. Er erinnerte sich, wie er damals in Tours, auf dem Anwesen der Großeltern, jeden Abend kurz nach Sonnenuntergang mit der Großmutter den ganzen Garten besprenkelt hatte, mit dem überlangen Gartenschlauch. Jedes Beet, jeden Strauch hatte die Großmutter dabei beim Namen genannt, als wollte sie Christian jeden dieser Namen einschärfen: *la lavande, le romarin, les roses, la rhubarbe, le figuier.*

Er empfand es plötzlich als eine Verpflichtung, sich mit Gianni zu treffen und zu dieser Ausländerparty zu gehen. Es wäre ihm genauso recht, wenn nicht sogar lieber gewesen, nirgendwohin zu müssen, frei über seinen Abend zu verfügen. Aber zu Hause bleiben, während er Gianni auf dieser Ausländerparty wusste, wollte er wiederum auch nicht. Er würde sich den ganzen Abend über fragen, ob er etwas verpasste. Außerdem: Eine Ausländerparty durfte er sich als einziger Ausländer, der er zusammen mit Gianni in der Klasse gewesen war, nicht entgehen lassen.

Er nahm seinen Ausländerausweis und seine französische Identitätskarte mit. Jedes Mal, wenn er daran dachte, überkam ihn eine Wut, dass die Eltern es verabsäumt hatten, Marie und ihm einen französischen Reisepass zu besorgen. Sie hätten ihnen die Entscheidung, ob es nun ein französischer, österreichischer oder schweizerischer sein sollte, nicht abnehmen wollen, hatte die Mutter ihm vor ein paar Tagen geantwortet, als er sie zur Rede gestellt hatte. Er ärgerte sich, darauf nicht entgegnet zu haben, dass er gar keine Entscheidung zu fällen brauche, dass die Sache für ihn klar und eindeutig sei.

Sie fuhren mit der Schnellbahn zum Hauptbahnhof und von dort mit dem Dreizehner-Tram bis zum Escher-Wyss-Platz. Gianni hielt sich an die Wegangabe, die die Zwillinge ihm auf einen kleinen Zettel gekritzelt hatten. Nach zwei, drei Minuten bogen sie bei einer dunklen Parkhauswand um die Ecke und fanden sich hinter einer langen Schlange von Jugendlichen, die entweder ihren hellgrünen Ausländerausweis oder einen weinroten Reisepass bereithielten. Neben dem Eingang stand ein stämmiger Türsteher mit Glatze, ganz in Schwarz gekleidet. Tatsächlich war kein Wort Schweizerdeutsch zu hören, dafür Italienisch, Spanisch, Portugiesisch, Türkisch, Slawisch. Irgendwo weiter vorn hörten Christian und Gianni zwei, drei Jungs auf Italienisch fluchen. Gianni musste lachen, Christian lachte mit, obwohl er nur das Wort *stronzo* verstanden hatte. Sie trauten sich jetzt nicht mehr, miteinander zu reden. Dass ihre gemeinsame

Sprache das Schweizerdeutsche war, beschämte Christian plötzlich, und er war sicher, Gianni fühlte genauso.

Mit gerunzelter Stirn sah sich der Türsteher Christians Ausländerausweis an. Christian war sein Foto peinlich: Es war ungefähr zehn Jahre alt und zeigte ihn mit einer Art Pilzfrisur, wie sie in den Neunzigern üblich gewesen war. Er war erleichtert, als der Türsteher ihm, nachdem er ihm kurz in die Augen gesehen hatte, den Ausweis zurück in die Hand drückte.

Er folgte Gianni den schmalen Gang zur Kasse, wo sie bei einer jungen, schwarzhaarigen Frau, die sie mit einem *buona sera* begrüßte – Gianni grüßte zurück –, fünf Franken Eintritt zahlten, einen Stempel aufs untere Handgelenk gedrückt bekamen und eine schmale Stiege hinuntergingen. Durch die schwarze Doppeltür ganz unten dröhnten rhythmische Bässe, immer lauter. Gianni öffnete den schweren rechten Türflügel: ein riesiger, von grünen, roten, blauen Lichtern durchblitzter Raum, in der Mitte eine kreisförmige Bar, Männer und Frauen hinter dem Tresen füllten, servierten und verräumten Gläser, steckten das Portemonnaie in die Gürteltasche, beugten sich zu den Gästen vor. Es war stickig. Auf einer kleinen Bühne ganz hinten stand der DJ, umgeben von großen schwarzen Boxen, und brüllte in sein Mikrofon; Christian verstand nicht genau, ob Italienisch oder Spanisch. Die Masse unten auf der Tanzfläche – alles Jugendliche in seinem Alter – antwortete dem DJ mit jubelndem Geschrei. Gianni zeigte in Richtung Bar und ging voraus.

Plötzlich sprangen ihn zwei schreiende Jungs an. Gianni schrie lachend zurück, sie schlugen sich gegenseitig auf die Schultern, umarmten sich, tauschten zwei

Wangenküsschen aus. Es waren die Zwillinge. Sie sahen sich zum Verwechseln ähnlich, hatten beide ein enges, weit ausgeschnittenes weißes Hemd an, absichtlich ausgewaschene und zerrissene Jeans, trugen jeweils einen neongrünen Rosenkranz aus Plastik um den Hals und dieselbe Frisur, einen Irokesenschnitt mit massenweise Gel, wobei die Haare am Nacken länger waren. Der eine schlug seinen Arm über Giannis Schultern und führte ihn, seinem Zwillingsbruder folgend, zur Bar, die jetzt nur noch zwei, drei Meter entfernt war und an der ihre Freunde standen, die alle ungefähr dieselbe Kleidung trugen wie die Zwillinge und denen Gianni herzlich die Hand schüttelte. Dann drehte sich Gianni um, tat einen Schritt zur Seite und stellte ihnen Christian vor, indem er seine Hand auf dessen Rücken legte; Christian hörte nur das Wort *francese* heraus. Während Christian jedem in der Runde die Hand schüttelte, fielen die Zwillinge und Gianni regelrecht übereinander her vor lauter Wiedersehensfreude, oder was auch immer das war.

Der eine Zwilling rief etwas in die Runde, was Christian nicht verstand, woraufhin sich alle zur Tanzfläche durchdrängelten. Christian folgte ihnen. Einer der Zwillinge sah einem Mädchen, das sich an ihm vorbeidrängte, demonstrativ in den Ausschnitt, beugte sich dabei so weit zu ihr vor, bis ihre Wangen sich berührten. Sie stieß ihn mit dem Arm weg und verdrehte die Augen, er lachte auf, wandte sich zu seinem Zwillingsbruder, der lachte mit und zwinkerte einem seiner Freunde zu. Auf der Tanzfläche fingen sie an, sich mit Armen und Beinen zum Rhythmus der stampfenden Bässe sorglos zu bewegen, ihre Arme an bestimmten Stellen ausgelassen in die Luft zu werfen. Christian versuchte, es ihnen gleich zu tun, aber er konnte nicht, die Beine, die Arme, die Hüften wollten nicht: Er bewegte sich so lächerlich steif und unbeholfen, dass sich die anderen sicher ihren Teil dachten.

Er zog sein Handy aus der Hosentasche, führte es, als nähme er einen Anruf entgegen, an sein Ohr, hielt sich das andere, als verstünde er nicht, zu, entfernte sich zwei, drei Schritte von der Tanzfläche, als telefoniere er. Dann ging er zu Gianni und schrie ihm ins Ohr, bei ihnen sei eingebrochen worden, die Mutter sei gerade nach Hause gekommen und allein, weder der Vater noch Marie seien da, er müsse sofort nach Hause, sie fürchte sich und wisse nicht, was tun. Gianni umarmte ihn, ein bedauerndes Gesicht ziehend, klopfte ihm zwei, drei Mal kräftig auf den Rücken und machte mit den Fingern das Zeichen, sie würden telefonieren. Im nächsten Moment bekam er von einem der Zwillinge ein Getränk mit Eiswürfel und blauem Strohhalm in die Hand gedrückt.

*Zweites Kapitel*

Er schlief noch, da klopfte es an seiner Tür. Es war Marie. Ob sie kurz eintreten dürfe?, fragte sie leise.

Christian stützte sich verschlafen auf die Ellbogen, sah auf den Wecker: fast elf Uhr. Marie schloss die Tür hinter sich. Ob er schon ein Geburtstagsgeschenk für die Mutter habe?

Christian sah sie verständnislos an.

Sie habe Geburtstag, fügte Marie hinzu und lächelte.

Er hatte ihren Geburtstag ganz vergessen. Nein, sagte Christian, nein, er habe noch kein Geschenk.

Dann sollte er aus den Federn kriechen und sich beeilen, sie habe auf dem Stundenplan der Mutter nachgeschaut: Bis ein Uhr habe sie Unterricht, sie werde also gegen halb zwei zu Hause sein.

Ob denn sie schon ein Geschenk habe?, fragte Christian.

So gut wie, antwortete Marie. Sie habe ihren Lieblingskuchen gebacken, diesen Rumkuchen nach dem Rezept der Großmutter. Er sei noch im Rohr.

Er werde sich schon noch etwas einfallen lassen, sagte Christian und vergrub seinen Kopf wieder in das Kissen.

Marie ging hinunter in die Küche. Ihm fiel auf, wie wenig Marie und er in letzter Zeit miteinander geredet hatten; das war das erste Mal seit Wochen. Sie war ja auch ständig unterwegs, mit Katja am See, auf der Wiese gleich neben der Roten Fabrik, wo auch er mit seinen Schweizer Mitschülern die letzten Sommer verbracht hatte, von morgens bis abends, manchmal sogar die ganze Nacht. Sie waren frühmorgens in den Bus gestiegen, nach Hause gefahren und hatten nach ein paar Stunden Schlaf am späten Nachmittag wieder auf der Wiese gelegen, geraucht, getrunken. Letztes Jahr noch war er am 1. August, dem Schweizer Nationalfeiertag, mit seinen Schweizer Mitschülern inmitten von Schweizer Flaggen gesessen und hatte sich dabei sogar wohlgefühlt. Ruckartig richtete er sich auf, wie um diese Erinnerungen abzuschütteln.

Beim Zähneputzen fiel ihm ein, was er der Mutter zum Geburtstag schenken könnte: eine Charles-Trenet-CD. Es wäre ein Geburtstags- und ein Entschuldigungsgeschenk zugleich dafür, dass er vor ein paar Monaten, als die Mutter Charles Trenet gehört hatte, in ihr Zimmer geplatzt war und den Sänger nachgeäfft und Dinge gesagt hatte wie: So etwas Kitschiges könne auch nur ein Franzose singen. Wie war er damals nur neben sich gestanden. Er war kurz davor, in den Spiegelschrank zu schlagen.

Ohne gefrühstückt zu haben, nur den Duft von Maries Kuchen in der Nase, fuhr er mit der Schnellbahn bis zum Hauptbahnhof und ging von dort den Limmatquai entlang bis zum Musikgeschäft Buck, in welchem er mit der Mutter einmal als Kind gewesen war.

Ihm schien, als sei das Geschäft seither umgebaut worden, er hatte es jedenfalls anders in Erinnerung. An den Wänden und im Raum verteilt standen schwarze Regale mit weißen Musikgenre-Aufschriften. Das Chansons-Regal war ganz hinten, neben dem Canzone-Regal. Das musste er Gianni erzählen. Gegen Ende des Regals fand er *Les 100 plus belles chansons de Charles Trenet*. Er war sicher, dass die Mutter diese Vierer-Box noch nicht hatte, noch dazu war sie erst seit diesem Jahr auf dem Markt.

Charles Trenet war in Gesellschaft der großen Chansonniers, deren Namen Christian seit jeher kannte: Barbara, Georges Brassens, Jacques Brel, Léo Ferré, Georges Moustaki, Edith Piaf... Dieses Regal war wie ein Stück Land, ein Stück Frankreich, dachte Christian. Er musste unbedingt öfter hierher kommen. Mit der Charles-Trenet-Box ging er zur Kasse. An einer Säule, nur wenige Meter vor der Kasse, blieb er stehen: Da klebte ein Zettel, auf dem *Lehrling gesucht* stand. Er sah sich um, ob ihm jemand einen Streich spielte, aber der Laden war bis auf den Verkäufer hinter dem Tresen menschenleer. Ohne weiter zu überlegen, wie aus einer Art Gehorsam heraus, ging er zur Kasse, fragte den Verkäufer, ob sie noch Lehrlinge suchten.

Der Verkäufer, etwa Mitte vierzig, mit nach hinten gegeltem schwarzen Haar, schien seinen Ohren nicht zu trauen. Ob das sein Ernst sei? Während der zwei, drei Monate, in denen dieser Zettel an der Säule gehangen habe, habe sich niemand gemeldet, und jetzt, einen Tag, bevor er, der Verkäufer, in die Sommerferien gehe... Er legte, wie beim Gebet, die Hände ineinander und sah zur Decke hinauf. Wenn Christian wolle, könne er gleich mit in sein Büro kommen, sagte er.

Christian erklärte sich bereit und folgte ihm zum Lift. Er hatte das Gefühl, vollkommen neben sich zu stehen. Er sah auf das Namensschild des Verkäufers, auf dem *Herr Freier* und darunter *Popabteilungsleiter* stand. Sie traten in den Glaslift ein. Herr Freier drückte auf den obersten Knopf. Charles Trenet?, fragte er, an die Scheibe gelehnt, als er die CD in Christians Händen sah.

Ein Geburtstagsgeschenk für die Mutter, erklärte Christian.

Ob sie frankophil sei?, wollte Herr Freier wissen.

Sie kämen aus Frankreich, er sei Franzose, erwiderte Christian.

Das hätte er ihm nie angehört, sagte Herr Freier. Woher aus Frankreich er denn sei?

Aus Tours, antwortete Christian. Herr Freier nahm eine Packung gelbe Parisiennes aus seiner Hosentasche, kramte eine heraus, steckte sie sich in den Mund und hielt Christian das Päckchen hin.

Christian lehnte dankend ab.

Herr Freier grunzte. Das sei schon der erste Minuspunkt, sagte er grinsend.

Aus dem Lift traten sie ins Stiegenhaus, von wo aus es noch ein halbes Stockwerk hinauf ins Dachgeschoss ging. Dort öffnete Herr Freier eine weiße Tür, hieß Christian in seinem Palast, wie er in sarkastischem Ton sagte, willkommen, deutete auf den Stuhl, der vor dem Schreibtisch stand, und nahm selbst dahinter Platz. An der Wand hinter Herrn Freier hing ein Miles-Davis-Poster: Es zeigte Davis wohl Ende der Fünfziger in seiner *Kind-of-Blue*-Zeit. War Herr Freier ein Miles-Davis-Fan? Christian musste unbedingt versuchen, das Gespräch auf ihn zu bringen, damit er mit seinem Wissen, das er noch von seiner Jazz-Phase hatte, Eindruck schinden konnte. Er erinnerte sich, wie der Berufsberater, der vor ein, zwei Monaten bei ihnen in der Schule gewesen war, gesagt hatte, bei Vorstellungsgesprächen müsse man heutzutage angeben, was das Zeug hält und möglichst mit allem protzen, was man wisse. Der Schreibtisch war voller Zeitungen, Papier- und CD-Stapel. Neben einem vollen Aschenbecher lag Miles Davis' *Kind of Blue*.

Er instruiere ihn jetzt erst einmal über die Sitten in diesem Haus, sagte Herr Freier und zündete sich die Zigarette an, die er sich vorhin in den Mund gesteckt hatte. Hier herrsche ein strenger Unterschied zwischen der klassischen, der so genannten Ernsten Musik, und der poppigen, der so genannten Unterhaltungsmusik. Dieser Unterschied werde von jedem, ausnahmslos von jedem, ob Lehrling oder langjähriger Abteilungsleiter, radikal hochgehalten, das heiße: Bei Buck gebe es entweder Popsubjekte, Popmenschen, also Leute, die für die Popabteilung arbeiteten, oder eben Klassiksubjekte, Klassikmenschen, also Leute, die für die Klassikabteilung arbeiteten. Die Popabteilungen des Hauses seien: natürlich seine, also die CD-Popabteilung, die Elektrogitarrenabteilung im dritten Stock und die so genannte Keyboard-Abteilung im vierten Stock, in welcher alle elektronischen Geräte für elektronische Musik verkauft würden. Die Ernste-Musik-Abteilungen seien: die CD-Klassikabteilung im Erdgeschoss, die Klavier- und Flügelabteilung im zweiten Stock und die so genannte Musikalienabteilung im fünften Stock, in welcher die Partituren und Klavierauszüge verkauft würden.

Die offene Feindschaft zwischen den Pop- und den Klassikabteilungen und somit auch zwischen jedem ihrer Abteilungsleiter und Mitarbeiter sei hier seit jeher ungeschriebenes Gesetz, alte Tradition, die zu kultivieren jedem zugute komme, denn je radikaler man diesen Unterschied hochhalte, je stolzer man also als Popmensch darauf sei, kein Klassikmensch zu sein und als Klassikmensch darauf, kein Popmensch zu sein, und je offensiver man der Gegenseite das auch zu verstehen gebe – und daraus mache die Geschäftsleitung auch gar kein Hehl –, desto weiter komme man in diesem Laden, das beweise die Laufbahn eines jeden hiesigen Abteilungsleiters: Ein jeder von ihnen – inklusive er selber – habe sich, die Zugehörigkeit zum jeweiligen Lager hochhaltend, sozusagen *hochgehasst*.

Der jetzige Leiter der Klavier- und Flügelabteilung im zweiten Stock beispielsweise, ein Klassikmensch, habe – nicht zuletzt um seinen damals kurz vor der Pensionierung stehenden Vorgesetzten und die Geschäftsleitung von seinen Qualitäten als dessen Nachfolger zu überzeugen – einem Mitarbeiter der Gitarrenabteilung im dritten Stock, einem Altachtundsechziger, also einem Popmenschen par exellence, die Gitarre, auf welcher dieser sich einmal nach Feierabend ausgetobt und dem Klassikmenschen damit in sein Schubertsches *Impromptu*, das er gerade auf einem Flügel gespielt habe, gefahren sei, aus den Händen gerissen, diese am Boden zerschmettert und ihm damit gedroht, er schlage ihm das nächste Mal, wenn er mit seinem kulturlosen Geschrammel noch einmal in sein Schubertsches *Impromptu* fahre, damit den Schädel ein. Was der Achtundsechziger getan habe, wisse er, Herr Freier, nicht, niemand wisse es, man wisse nur, dass er am nächsten Tag der Geschäftsleitung in Rage versichert habe, diesen gestrigen, erbärmlichen, ein, zwei, drei, vier Jahrhunderte hinterherhinkenden Klassikmenschen an einer Gitarrensaite zu erhängen, ihn aufzuschlitzen und aus dessen Gedärmen neue Saiten für seine elektrische Gitarre zu basteln. Jedenfalls habe man kurze Zeit nach Bekanntwerden des Falls diesem Klassikmenschen die Stelle als zukünftigem Abteilungsleiter zugesichert, und auch der Achtundsechziger gelte seither als Favorit für die Nachfolge seines mittlerweile ebenfalls bald vor der Pensionierung stehenden Vorgesetzten.

Herr Freier nahm wieder einen tiefen Zug an seiner Zigarette. Ob Christian irgendwelche Fragen habe?

Eine Frage habe er, sagte Christian und gab sich Mühe, den Eindruck zu erwecken, als hätte sie sich soeben aus dem Monolog Herrn Freiers ergeben. Ob Jazz hier als Ernste Musik oder als Unterhaltungsmusik geführt werde? Er sah dabei bewusst auf das Miles-Davis-Poster.

Jazz werde bei ihnen in der Unterhaltungsmusik geführt, erklärte Herr Freier. Es schien, als fiele es ihm schwer, das zu sagen. Aber er verrate ihm etwas, flüsterte er und beugte sich zu Christian vor: Würde der Jazz hier in der Klassik geführt, dann wäre er, Herr Freier, ein Klassikmensch.

Jetzt oder nie, sagte sich Christian, jetzt musste er alles tun, um Herrn Freier zu beeindrucken: Mit zehn oder elf habe er auch Jazz gehört, unter anderem Miles Davis, vor allem *Kind of Blue*. Seine Miles-Davis-Begeisterung, Miles-Davis-Affinität, Miles-Davis-Bewunderung sei damals aber eigentlich nur Teil seiner John-Coltrane-Zeit, John-Coltrane-Phase gewesen, eine Miles-Davis-Zeit, eine Miles-Davis-Phase habe es, streng genommen, nicht gegeben – und doch, jetzt, gerade jetzt, wo er zum ersten Mal seit jener Zeit wieder ein Foto von Miles Davis sehe und seit damals zum ersten Mal wieder *So*

*What* im Ohr habe – den Kontrabass und die warmen Bläser dazwischen am Anfang –, komme es ihm vor, als habe es sehr wohl eine Miles-Davis-Zeit in ihm gegeben, eine Miles-Davis-Inbrunst, ein Miles-Davis-Denken, welches von seinem John-Coltrane-Denken unberührt geblieben sei. Er erinnere sich daran, wie er an einem Herbsttag im Garten Birkenblätter gerecht und, wie jetzt, *So What* im Ohr gehabt und sich dabei gedacht habe, dass für ihn diese Melodie nie etwas Neues, Erschaffenes, Erfundenes, sondern immer schon das Vertrauteste, die urlogischste Tonabfolge gewesen sei und dass Miles Davis diese Melodie vielleicht gespielt, aber ganz sicher nicht erfunden, erschaffen, komponiert habe, sondern sie ihm vielmehr zugeflogen sei, als etwas, das bereits da gewesen sein musste, irgendwo, nur sei Miles Davis eben der Erste gewesen, der es vernehmbar in die Welt gesetzt habe. Wie er jetzt bemerke, sei John Coltrane während der John-Coltrane-Zeit für ihn zwar ein hoher Wahrnehmungspunkt, eine Position, ja ein Ort gewesen, aber einer, von dem aus ihm eine im Nachhinein betrachtet doch erstaunliche Offenheit möglich gewesen sei, denn hätte er *heute* seine John-Coltrane-Zeit, dann käme es ihm wie Hochverrat vor, wie damals daneben etwa Miles Davis, Thelonious Monk, George Benson, Count Basie, Art Blakey oder gar Benny Goodman gut zu finden. Heute sei alles viel coltraneradikaler, pancoltranischer, coltranechauvinistischer: Alles, was sich nicht mit John Coltrane vertrage, was gegen John Coltrane, was etwas anderes als John Coltrane sei, alles Nichtcoltranische sei heute das feindliche Lager...

Christian war sicher, Herrn Freier beeindruckt zu haben, ließ sich aber nichts anmerken. Er tat so, als wäre er in weiterführende Überlegungen vertieft. Kurz kam ihm der Gedanke, Herr Freier könnte ihn für einen Hochstapler halten.

Herr Freier dämpfte seine Zigarette im überquellenden Aschenbecher aus, lehnte sich mit verschränkten Armen zurück, Christian mit einem ganz und gar ruhigen Blick durchbohrend. Ob er, Christian, sich vorstellen könne, Lehrling der CD-Popabteilung zu werden, den Popmenschen, dem Poplager dieses Hauses anzugehören, den Unterschied dementsprechend hochzuhalten, als Popmensch stolz darauf zu sein, kein Klassikmensch zu sein und das klassische Lager als das feindliche Lager anzusehen?

Ja, antwortete Christian, das könne er sich vorstellen, und nickte darauf einmal kräftig mit dem Kopf.

Aus einer Schublade nahm Herr Freier eine kleine Mappe, legte sie Christian hin. Das sei der Lehrvertrag, sagte er, Christian solle ihn mit nach Hause nehmen, durchlesen, in die Leerstelle seinen Namen einsetzen, unterschreiben und so bald wie möglich zurückschicken. Er stand auf, drückte Christian die Hand. Charles Trenet gehe aufs Haus, fügte er hinzu, er, Herr Freier, erwarte ihn am Montag in zwei Wochen pünktlich um neun unten in der Abteilung.

Christian bedankte sich, und weil er vor Dankbarkeit ein wenig beschämt wirken wollte, neigte er kurz den Kopf. Dann trat er ins Stiegenhaus; hinter ihm fiel die Tür ins Schloss.

Wie benommen ging er die Stiege, die vom Dachgeschoss zum Lift führte, hinunter, begann sich dann am

Geländer um die Kurve zu schwingen, nahm drei, vier, fünf Stufen auf einmal, übersprang sie regelrecht, trippelte dann jede Stufe einzeln hinunter, so schnell wie möglich, und ging dann wieder aufs Überspringen über. Am liebsten hätte er drauf losgejubelt und seine Stimme im ganzen Stiegenhaus von oben bis unten widerhallen gehört. Als er durch eine offen stehende Glastür in die CD-Popabteilung kam, zügelte er seine Schritte, ging in Richtung Ausgang. Hinter dem Tresen stand eine Verkäuferin mit grauer Föhnfrisur. Am liebsten hätte er ihr „Bis bald!" zugerufen. Durch die Glasschiebetür trat er auf den Limmatquai, blieb einen Augenblick stehen. Er sah hinauf zum blauen Himmel und marschierte los in Richtung Hauptbahnhof, immer kräftigeren Schrittes, in seinen Beinen kribbelte es. Er musste sich bewegen; am liebsten hätte er einen Luftsprung gemacht. Er überquerte die Straße, sah zu seiner Linken auf die Limmat, auf die Sankt-Peters-Kirche, deren Zifferblatt, von der Sonne beschienen, glänzte. Das Vierer-Tram raste an ihm vorbei. Die Mutter würde ihm das alles nicht glauben, dachte er – und Gianni erst!

Die Fahrt in der Schnellbahn kam ihm langsam und schleppend vor, als brauche sie ewig. Um anzuhalten. Um ihre Türen auf und zu zu bekommen. Um wieder loszufahren. Und nicht nur die Schnellbahn, auch die Leute, die ein- und ausstiegen, schienen ihm geradezu kraftlos, gelangweilt, ermattet. Von allen, die mit ihm ausstiegen, war er der erste, der über die Treppe in die Unterführung gelangte. Bei den Kirchenstiegen fing er an zu rennen, er konnte nicht mehr anders. Vor der Hauseinfahrt stützte er sich kurz am Zaun ab, er musste jetzt ein wenig Atem schöpfen, sonst fehlte ihm die Luft fürs Erzählen. Er sah auf die Kirchenuhr: Halb drei, die Mutter musste schon zu Hause sein. Schnell weiter, die Einfahrt hinauf und den schmalen Gartenweg entlang, dann an der Birke, am Teich und am Schilf vorbei. Die Haustür stand weit offen. Im Vorraum lag, wenn auch um vieles zarter als vorhin, immer noch der Duft von Maries Rumkuchen. Christian ging die Stiege hinauf, klopfte an die Tür der Mutter und trat, ohne eine Antwort abzuwarten, ein. Sie saß am Schreibtisch.

Er habe eine Lehrstelle, sagte er außer Atem und lachte auf, legte ihr den Lehrvertrag auf den Tisch und erzählte, was geschehen war, erzählte ihr vom Chansons-Regal, vom Zettel, von Herrn Freier, vom Miles-Davis-Poster. Er nannte das alles eine Fügung. Zum Schluss holte er die Charles-Trenet-CD aus dem Plastiksäckchen, legte sie der Mutter auf den Schreibtisch und wünschte ihr alles Gute zum Geburtstag.

Aber die Mutter sah ihn nur skeptisch an, mit gerunzelter Stirn, zog den Lehrvertrag aus der Mappe und überflog ihn. Er solle kurz aus ihrem Zimmer gehen, sagte sie, sie rufe jetzt diesen Herrn Freier an, sie könne das alles nicht so recht glauben.

Er könne es ja selbst nicht glauben, antwortete Christian und lachte, ja, sie solle ruhig anrufen: Auch er wolle es erst glauben, wenn Herr Freier ihr das alles bestätigt habe. Er schloss die Tür, ging hinunter in die Küche, trank ein Glas Wasser, ging im Wohnzimmer auf und ab, dann wieder hinauf in sein Zimmer. Wie anders noch alles gewesen war, als er es vor zwei, drei Stunden verlassen hatte!

Als die Mutter aus ihrem Zimmer kam, glänzten ihre Augen. Herr Freier habe ihr soeben zum Geburtstag und zu ihrem Sohn gratuliert, sagte sie, ging auf Christian zu und umarmte ihn. Wie erleichtert sie sei – und stolz! Schlaflose Nächte habe sie gehabt, ihn schon arbeits- und überhaupt beschäftigungslos zu Hause herumlungern sehen. Ihre Stimme war brüchig geworden. Sie wischte sich eine Träne aus dem Gesicht. Das einzige, fuhr sie in plötzlich bestimmterem, gefassterem Ton fort, was sie sich jetzt noch wünsche, sei, dass er, noch bevor er in den Zug nach Frankreich steige, Frieden mit dem Vater schließe. Christian solle sich bei ihm entschuldigen – sie habe gehört, was am Vortag geschehen sei –, oder, falls das zu viel verlangt sei, wenigstens wieder anständig mit ihm umgehen. Gleich am Abend könne er damit anfangen, der Vater solle gegen sechs Uhr aus Wien zurück sein.

Der Vater sei in Wien?, fragte Christian erstaunt.

Ja, antwortete die Mutter, er habe letzten Abend kurzfristig in den Flieger steigen müssen, wegen eines Projektes am Burgtheater.

Sie solle sich keine Sorgen machen, beruhigte Christian sie. Er verspreche ihr, dass das, was am Vortag passiert sei, nicht wieder vorkommen werde.

Die Mutter gab ihm einen Kuss auf die Wange und verschwand in ihrem Zimmer.

Christian verbrachte den ganzen Nachmittag im Garten, drehte eine Runde nach der anderen um das Haus, versunken in das, was geschehen war.

Irgendwann winkte ihn die Mutter vom Wohnzimmerfenster aus zu sich: Der Vater sei zurück, rief sie, es gebe Sachertorte.

Als Christian ins Esszimmer trat, saßen Marie und die Mutter bereits am Tisch. Aus der Küche hörte er den Mixer. Marie sah, ungeduldig mit ihrer Dessertgabel herumfuchtelnd, zur Küchendurchreiche. Sie freue sich fast noch mehr auf das Schlagobers als auf die Sachertorte. *Schlagobers*, sagte sie, nicht *Schlagrahm*, und spielte damit wohl auf die Zeit bei den österreichischen Großeltern an.

Als der Vater ins Esszimmer trat, grüßte er Christian heiter, als läge nichts zwischen ihnen. Christian grüßte trocken zurück.

Von der Küchendurchreiche nahm der Vater die helle Holzkiste mit der Sachertorte und den Schlagrahm, stellte beides auf den Tisch. Die Mutter schnitt die Torte an und servierte jedem ein Stück. Ob jemand Schlagobers möchte?, fragte der Vater feierlich in die Runde.

Nur wenig, einen Esslöffel voll, erwiderte die Mutter.

Sie nehme zwei Löffel, sagte Marie. Oder drei. Wie bei der Oma – und sie sah Christian an, als erwarte sie von ihm, dass er dasselbe sage, als erwarte sie von ihm, dass er gemeinsam mit ihr in Erinnerungen an Österreich und die österreichischen Großeltern schwelge. Aber davon wollte er nichts wissen. Er war nicht Teil dieses österreichischen Familienzweigs und war es auch nie gewesen und würde es auch nie sein. Er tat so, als bemerke er Maries Blick nicht.

Ob Christian auch Schlagobers wolle?, fragte der Vater.

Christian lehnte dankend ab.

Marie sei ihm hoffentlich nicht böse, sagte der Vater,

dass er ihrem Rumkuchen jetzt Konkurrenz gemacht habe.

Überhaupt nicht, antwortete Marie, der Rumkuchen sei ohnehin ausschließlich für die Mutter gedacht. Außerdem habe die Mutter am Nachmittag schon ein Stück davon gegessen.

Der Kuchen schmecke ausgezeichnet, lobte die Mutter, wie von der Großmutter.

Der Vater löffelte den ganzen übrig gebliebenen Schlagrahm aus, vier, fünf Löffel voll.

Die Mutter sah Christian und Marie schmunzelnd an. Der Vater bemerkte es und schmunzelte mit. Zu einer Sachertorte, sagte er, gehöre nun einmal Schlagobers – so verlange es die österreichische Sitte, so mache man das eben in Österreich.

Christian wollte aufstehen, die Gabel und den Teller mit der Sachertorte in Richtung Vater werfen, aber er dachte daran, was er der Mutter versprochen hatte, außerdem wollte er ihr auf keinen Fall den Geburtstag vermiesen. Sie schien so glücklich.

Sie könnten sich nicht vorstellen, was geschehen sei, sagte sie und bat Christian zu erzählen.

Er sei zu erschöpft, entschuldigte sich Christian, ohne von seiner Sachertorte aufzublicken, ob nicht sie erzählen wolle?

Also erzählte die Mutter vom Musikgeschäft Buck, vom Chansons-Regal, vom Zettel, von Herrn Freier, vom Miles-Davis-Poster und benutzte ebenfalls das Wort *Fügung*. Der Vater hörte mit zunehmender Begeisterung zu, sah Christian das eine oder andere Mal geradezu fassungslos an, und auch Marie vergaß beinahe zu kauen.

Trotz allem aber müssten sie, sagte der Vater, den Lehrvertrag aufmerksam durchlesen, bevor Christian ihn unterschreibe.

Er solle der Mutter nicht die Stimmung verderben, wollte Christian sagen, ließ aber auch das sein.

*Drittes Kapitel*

Er hatte ganz vergessen, die Haarschneidemaschine einzupacken. Früher, bis vor vier, fünf Jahren, hatte ihm die Großmutter gleich am Tag seiner Ankunft in Vermeille die Haare mit dieser Maschine geschnitten, ein, eineinhalb Zentimeter kurz. Seit dem Tod des Großvaters hatte sich dieses Ritual verloren. Christian fiel das Foto ein, das bei der Großmutter über dem Esstisch hing: Der Großvater, Marie und er winkten vom fahrenden Karussell auf dem Hafenplatz in die Kamera, der Großmutter zu. Der Großvater und er hatten dieselbe Frisur: ein, eineinhalb Zentimeter kurz. Jedes Mal, wenn er dieses Foto betrachtete, sprangen ihm die Ähnlichkeiten zwischen dem Großvater und ihm ins Auge. Schon öfter hatte er gehört, wie ähnlich er dem Großvater sah. Die Nase, der Mund, die Augen, auch die Hände. Überhaupt hatte es schon öfter geheißen, er komme nach der Familie der Mutter, der französischen Linie, Marie hingegen nach der Familie des Vaters, der österreichischen Linie.

Er sah im Bad nach, ob die Haarschneidemaschine vielleicht irgendwo herumlag. Dann warf er einen Blick auf die Armbanduhr: In einer Stunde fuhr sein Zug, in einer knappen halben Stunde musste er also am Schnellbahnhof sein.

Plötzlich klopfte es an die offene Tür. Christian hatte den Vater gar nicht heraufkommen gehört. Ob Christian kurz Zeit habe?

Kurz, antwortete er, den Badezimmerschrank öffnend; auch da war die Haarschneidemaschine nicht.

Aus einem kleinen Plastiksack mit dem Buck-Logo nahm der Vater ein dickes Buch. Er habe ihm etwas gekauft, für seine Lehre, sagte er, eine Geschichte der klassischen Musik. Er sei am Nachmittag in seinem künftigen Lehrgeschäft und geradezu begeistert gewesen von der großen Opern-Abteilung, der „Operissimo"-Ecke: Hunderte von Opernaufnahmen stünden dort in Regalen, die ganze Wände einnähmen. So etwas habe er noch in keinem anderen CD-Laden gesehen.

Er mache seine Lehre in der Popabteilung, sagte Christian, mit der Klassikabteilung und mit Opern werde er nichts zu tun haben. Die Klassik- und die Popabteilung würden in diesem Geschäft strikt voneinander getrennt.

Das habe er nicht gewusst, sagte der Vater ein wenig ernüchtert und schickte sich an, das Buch wieder einzupacken. Eine CD habe er ihm auch noch gekauft, fügte er hinzu, aber das erübrige sich in diesem Fall wohl auch.

Christian dachte daran, was er der Mutter versprochen hatte. Nicht dass der Vater ihr noch erzählte, er habe seine Geschenke abgelehnt und sich ihm gegenüber undankbar benommen. Er könne ihm das Buch und die CD ja da lassen, überwand sich Christian schließlich, vielleicht könne er es ja doch einmal brauchen. Er sagte es mit einer gewissen Gleichgültigkeit; der Vater sollte ruhig merken, dass er log.

Der Vater nahm die CD aus dem Plastiksack. Richard Wagners *Siegfried-Idyll*, sagte er, das habe er früher als Student öfter gehört. Er sei damals in Salzburg über einen seiner Professoren, einem glühenden Wagnerianer, zu Wagner gekommen. Er übergab Christian das Buch und die CD.

Sie sähen sich dann in einer Woche bei der Großmutter, sagte der Vater. Christian solle sich melden, wenn er angekommen sei.

Werde er machen, erwiderte Christian.

Der Vater ging hinunter, während Christian das Buch und die CD in seiner untersten Schreibtischschublade verstaute. Wegwerfen konnte er es nicht, dachte er, der Vater kümmerte sich ja um den Müll und um das Altpapier.

Wie immer, bevor er in die Sommerferien fuhr, machte er sein Bett; das war das einzige Mal im Jahr, dass er es von sich aus machte. Er schüttelte das Kissen aus, legte es ganz oben genau in die Mitte, klopfte es einmal ab; dann spannte er die Bettdecke bis unter das Kissen, faltete den Teil, der auf das Kissen überlappen würde, zurück. Er zog die Vorhänge zu, vergewisserte sich, dass sie das ganze Fenster bedeckten, schwang dann seine Tasche über die Schulter. Als er sich, die Türklinke schon in der Hand, an der Türschwelle nochmals umdrehte, sah er die Bettdecke schräg über den Bettrand hängen und auf Höhe des Kissens fast schon den Boden berühren. Er stellte die Tasche ab, ging noch einmal ins Zimmer und richtete die Decke, so dass ihr Saum parallel zum Bettrand verlief. Es war, als hinge etwas davon ab. Bevor er die Tür schloss, blickte er, um sicherzugehen, nochmals zurück.

Er klopfte an die Zimmertür der Mutter und trat ein. Sie saß am Schreibtisch, sah aufgeschreckt auf die Uhr. Sie habe die Zeit ganz übersehen, sagte sie. Ob er auch alles dabeihabe? Geld, Fahrkarte, Ausweis, Handy?

Er habe alles dabei.

Es tue ihr leid, sagte die Mutter, dass sie diesen Sommer nicht mitkomme. Sie habe so viel zu tun, müsse fünfunddreißig Maturprüfungen, also fünfunddreißig Aufsätze korrigieren, eine Universitätslehrveranstaltung vorbereiten und und und. Außerdem seien ihr im Sommer ohnehin zu viele Leute am Strand. Sie stand von ihrem Stuhl auf und gab ihm einen Kuss auf die Wange. Er solle die Tür seines Abteils gut verschließen, wenn er sich schlafen legte, sagte sie, und am besten sein Portemonnaie in der Hosentasche behalten. Und sobald er angekommen sei, solle er anrufen.

Christian versprach ihr, vorsichtig zu sein und bat sie, Marie viel Glück für die Aufnahmeprüfung auszurichten.

Als er am Hauptbahnhof aus der Schnellbahn stieg, fiel ihm plötzlich die Haarschneidemaschine ein. Wegen der Geschenke des Vaters hatte er sie ganz vergessen; das ärgerte ihn.

Sein Zug stand bereits am Gleis. Beim Anblick all der Menschen, die mit ihren Koffern, Taschen und Rucksäcken einstiegen oder den Bahnsteig entlang zu den hinteren Wagen eilten, hatte er plötzlich die Vorstellung, es seien auch Schweizer darunter, die in die Ferien nach Frankreich aufbrachen, womöglich in den Süden, gar nicht weit weg von ihm, schlimmstenfalls nach Vermeille: Er stellte sich vor, das eine oder andere Gesicht am Strand wiederzusehen, und dabei bemerkte er, dass er alles, was hier in der Schweiz passierte, strikt von allem, was in Frankreich passieren würde, getrennt haben wollte.

Er war der einzige im Schlafabteil. Immer wieder gingen Leute, ihr Gepäck hinter sich her schleppend, daran vorbei, und jedes Mal dachte Christian, als sie auf ihre Fahrkarte und dann auf die Sitzplatznummerntafel neben der Abteiltür sahen, sie kämen herein. Aber er blieb allein, auch als der Zug abfuhr. Er war lange nicht mehr mit einem Nachtzug gefahren, das letzte Mal mit neun oder zehn, mit der Mutter, dem Vater und Marie nach Venedig. Mitten in der Nacht hatte er einen Albtraum gehabt, hatte sie alle aufgeweckt mit seinem weinenden Geschrei. Die Mutter hatte ihn beruhigt, wie sie es damals auch zu Hause öfter hatte tun müssen, wenn er vor Angst und Schrecken nach einem Albtraum zu ihr ins Zimmer gestürmt war.

Er musste daran denken, wie in der zweiten Klasse der Lehrer Marie und ihn während der Schulstunde hinaus in den Gang gebeten und sie dort gefragt hatte, ob zu Hause alles in Ordnung sei; er habe gesehen, wie die Mutter Marie und ihm auf dem Weg hierher eine Ohrfeige verpasst habe. Sie mache das manchmal, hatte Marie schüchtern geantwortet, als überwinde sie sich, als ringe sie sich zu etwas durch. An mehr konnte er sich nicht erinnern, aber eines stand fest: Er, Christian, hatte die Mutter nicht verteidigt, nicht in Schutz genommen. Warum war er nicht für sie eingestanden? Warum hatte er dem Lehrer nicht entgegengehalten, er solle sich nicht einmischen in Angelegenheiten, in französische Angelegenheiten, von denen er als Schweizer nichts verstehe? Er verspürte so etwas wie Halt, wenn er an die Ohrfeigen dachte, die die Mutter ihm früher manchmal verpasst hatte, als sie noch heillos mit allem überfordert war. Diese Ohrfeigen machten das Französische in ihm handfest.

Mit einem Ruck ging die Abteiltür auf. Der Konduktreur, knapp zwei Meter groß und entsprechend breit, wünschte – auf Schweizerdeutsch und mit einer Stimme, die das Abteil beinahe zum Erbeben brachte – einen guten Abend, verlangte Ausweis und Fahrkarte. Als fletsche er die Zähne, kaute er an seinem Kaugummi, während er die Fahrkarte samt Reservierung und Christians Identitätskarte begutachtete. Eine Dreiviertelstunde vor Perpignan werde er geweckt, sagte er monoton. Die Identitätskarte steckte er in eine Mappe, die er unter den Arm geklemmt hatte, gab Christian Fahrkarte und Reservierung zurück. Die Tür knallte er genauso grob zu, wie er sie aufgerissen hatte.

Bevor Christian die Vorhänge am Fenster zuzog, warf er noch einen Blick auf den Zürichsee, auf die glimmenden Stadtlichter rundum. Seit einigen Jahren nahm Marie jedes Jahr an der von der Stadt organisierten Seeüberquerung teil. Ihn hatte das nie interessiert oder gereizt, und es interessierte oder reizte ihn auch jetzt nicht. An einem großen Fabrikfenster am Ufer des Sees hingen eine italienische, eine albanische und eine spanische Flagge. Christian verriegelte die Zugabteiltür. Seine Reisetasche verstaute er unter dem untersten Bett. Er kletterte die schmale, wackelige Leiter hinauf ins oberste Bett, machte das Licht aus. Das Portemonnaie hatte er bei sich, in der vorderen rechten Hosentasche. Eine Weile lag er noch wach und beobachtete, wie das durch die Vorhänge eintretende Licht der Gleismasten in Sekundenschnelle den Raum durchwanderte, immer wieder; die Zugräder ratterten mit einer sanften Regelmäßigkeit dahin. Noch bevor der Zug das erste Mal hielt, war Christian eingeschlafen.

*Viertes Kapitel*

Ein Tippen auf die Schulter. Christian hob den Kopf, neben ihm stand der Kondukteur. Ankunft in einer halben Stunde, sagte er und drückte Christian seine französische Identitätskarte in die Hand. Kaffee oder Tee?, fragte er.

Kaffee, sagte Christian.

Der Kondukteur pfiff eine langgezogene Melodie vor sich hin, knallte die Abteiltür zu und verschwand.

Christian richtete sich auf. Er hatte sich sein Aufwachen in Frankreich anders vorgestellt, ohne dieses Schweizerdeutsch des Kondukteurs, und auch ohne selbst ein Wort Schweizerdeutsch sprechen zu müssen.

Durch die Vorhänge blinzelte die Morgensonne. Das Licht hier, so schien Christian, war ein ganz anderes als das in Zürich. Das heiterte ihn auf, und beschwingt stieg er die wackelige Leiter hinunter.

Gleich nach der Zugdurchsage quetschte er sich mit seiner Reisetasche durch den Gang. Vor der Zugtür stand, an die Verbindungstür zum nächsten Wagen gelehnt, ein junger Mann mit einem gepflegten, etwa zehn Zentimeter langen schwarzen Vollbart, der in scharfem Kontrast zu seiner Fünf-Millimeter-Frisur stand. Er hatte die Augen geschlossen, als schlafe er im Stehen. Nach einer Weile öffnete er sie, beugte sich ungeduldig zum Fenster. Dann drehte er sich zu Christian und fragte ihn auf Französisch, wie spät es sei; seine harsche Aussprache erinnerte Christian an jene der *Banlieue*-Jugendlichen, über die er kürzlich eine Reportage auf TF1 gesehen hatte.

Halb acht, antwortete Christian.

Der junge Mann schüttelte genervt den Kopf.

Wahrscheinlich hatte der Zug Verspätung. Christian war das egal, der Zug konnte drei, vier Stunden Verspätung haben, er war in Frankreich, nichts konnte ihm sein Hochgefühl verderben.

Als der Zug in den Bahnhof von Perpignan einfuhr, schwang der junge Mann seine Reisetasche über die Schulter und stellte sich vor die Zugtür, legte ungeduldig die Hand an deren Hebel. Auf der Rückseite seines langen schwarzen T-Shirts war die sechseckige Silhouette Frankreichs abgebildet, ausgefüllt von der algerischen Flagge: die westliche Hälfte grün, die östliche weiß, darüber, in der Mitte, der rote Halbmond mit fünfzackigem Stern.

Auf dem Bahnsteig war es wärmer als im Zug. Ein leichter Wind wehte – vielleicht die *Tramontane* schon vom Meer her? Er konnte es kaum erwarten, das Meer zu sehen, die Meeresluft einzuatmen. Der junge Mann war vor ihm, beide gingen sie gleich schnell. Als was, fragte sich Christian, sah sich dieser junge Mann? Als was wollte er gesehen werden, mit diesem T-Shirt? Als Algerier? Was hieß das, „Algerier"? Waren seine Eltern in Algerien geboren? War er selbst in Algerien geboren? Oder in Frankreich, nachdem es seine Eltern hierher verschlagen hatte? Oder war womöglich nur ein Elternteil aus Algerien? Wenn ja, änderte das etwas? Machte ihn das zu einem Halbalgerier? Und als was hatte dieser junge Mann ihn, Christian, wahrgenommen? Als Franzosen? Als einen von hier?

Sie waren in der Unterführung, die zu den anderen Gleisen und zum Bahnhofsgebäude führte, angelangt, der junge Mann bog in Richtung Stiege, Christian blieb vor den Monitoren stehen und ging die Abfahrtszeiten durch. Er hatte nur noch zwei Minuten, um den Anschlusszug nach Vermeille zu erwischen. Der stand schon am Gleis. Vorn, bei der Lokomotive, plauderte der Kondukteur mit dem Lokomotivführer, der sich, auf seine Unterarme gestützt und eine Zigarette rauchend, aus dem Fenster lehnte.

Christian war der einzige im Waggon, vielleicht sogar, abgesehen vom Kondukteur und dem Lokomotivführer, der einzige im ganzen Zug. Vom Nachtzug waren, wie ihm jetzt auffiel, nur sehr wenige Leute ausgestiegen, vereinzelt aus dem einen oder anderen Waggon weiter vorn. Ob die Sommerferien in Frankreich womöglich noch gar nicht begonnen hatten?

Als der Zug losfuhr, hieß eine männliche Stimme mit starkem katalanischen Akzent die Passagiere herzlich willkommen, zählte die Ortsnamen, an denen der Zug hielt, auf und wünschte den Fahrgästen *un agréable voyage*. Einige der Ortsnamen und den letzten Satz versuchte Christian genauso akzentvoll nach- und auszusprechen. Dann sprach er alles nochmals in akzentlosem Französisch aus, im Französisch, wie es die Mutter, die Großmutter sprachen, wie es der Großvater gesprochen hatte. Endlich würde – für eine gewisse Zeit jedenfalls – sein Alltag von der französischen Sprache bestimmt werden. Die ersten und letzten Worte der Tage, die er vor sich hatte, würden französische sein. Er fragte sich, warum es ihm unmöglich war, mit der Mutter Französisch zu sprechen, ihr auf Französisch zu antworten. Das letzte Mal, als er das getan hatte, war er noch ein Kind von sieben, acht Jahren gewesen. Er nahm sich vor, beim ersten Telefonat, das er von Vermeille mit ihr führen würde, französische Wörter einfließen zu lassen; er würde so tun, als seien ihm manche deutschen Wörter entfallen und als flögen ihm stattdessen die französischen zu.

Nach einem kurzen Tunnel lag das Meer vor ihm. Es kam ihm vor, als habe er es seit einer Ewigkeit nicht mehr gesehen. Das Blau war stärker, intensiver, als er es in Erinnerung hatte. Die zwei, drei Stationen bis Vermeille wandte er seinen Blick nicht ab, höchstens ein, zwei Mal auf die trockenen, vor Sonne und Hitze fast rostroten Felsen, auf die Bahnhofsschilder an den kleinen, ein wenig brüchig wirkenden Bahnhofshäuschen. Den jeweiligen Ortsnamen sagte er gleich noch einmal halblaut vor sich her.

Es überraschte ihn nicht, dass er als einziger aus dem Zug stieg. Die Türen der anderen Waggons blieben geschlossen. Vor dem Bahnhofshäuschen wartete die Großmutter mit einer Frau gleichen Alters. Kaum hatte sie Christian aus dem Zug steigen sehen, nahm sie die Frau am Arm, hängte sich bei ihr ein und ging mit ihr auf ihn zu. Man könnte meinen, der Zug habe eigens für ihn angehalten!, sagte sie lächelnd, gab ihm ein *bisou* auf jede Wange und strich ihm über den Kopf. Das sei ihre Nachbarin vom Erdgeschoss, sie wohne unter ihr, habe ihren Garten direkt unter ihrem Balkon, er wisse schon, den Garten mit dem vielen Lavendel und dem Rosmarin.

Christian erinnerte sich. Ja, der Garten sei wirklich besonders schön, sagte er zur Nachbarin, die ihn ebenfalls mit *bisous* begrüßte, manchmal rieche man den Rosmarin und den Lavendel bis zum Balkon herauf.

Die Nachbarin habe, sagte die Großmutter, ihr angeboten, sie mit dem Auto zum Bahnhof zu bringen, zu Fuß sei die Strecke – gut ein Kilometer – bei dieser Hitze Leuten in ihrem Alter ja eigentlich verboten, vor allem seit dem Sommer zweitausenddrei.

Sie habe die Großmutter geradezu zwingen müssen, ins Auto zu steigen, sagte die Nachbarin fröhlich. Immer wolle sie alles zu Fuß machen. Wenn Christian wüsste, was sie am Vortag an Einkäufen die Stiegen hinaufgeschleppt habe! Ihr werde schon schwindlig, wenn sie nur daran denke!

Sie waren am Bahnhofshäuschen vorbeigegangen und zum Parkplatz gelangt, der bis auf einen roten Citroën leer war. Die Nachbarin öffnete den Kofferraum, in dem Christian seine Tasche verstaute. Die Großmutter setzte sich auf den Beifahrersitz, Christian auf die Rückbank. Das Wasser werde mit jedem Tag wärmer, sagte die Großmutter entzückt, seit Wochen habe es nicht mehr geregnet. Sie habe die Doraden-Schwärme, die am Morgen so nahe am Ufer schwämmen, mit kleinen Baguette-Stückchen gefüttert: Im Sekundentakt hätten die Doraden daran gezupft und innerhalb von einer, höchstens zwei Minuten alles aufgefressen. Der Schwarm habe sich direkt um ihre Beine getummelt, immer wieder hätten Schuppen ihre Waden gestreift.

Sie fuhren am Hauptplatz, der Place de la Sardane, vorbei. Die Kellner und Saisonniers der Cafés und Restaurants, die sich rund um den Platz drängten, stellten die Stühle und Tische auf, über den Platz sauste mit einem Mofa ein junger Mann – vielleicht jünger als Christian – ohne Helm, ein fest zusammengeschnürtes Paket auf dem Rücksitz. Mofafahren war hier keine Altersfrage, und Helme trugen nur Touristen, über die sich – letztes Jahr hatte es Christian im Vorbeigehen gehört – sogar die Polizei lustig machte. In Zürich hingegen konnte man ohne Helm nicht einmal Rad fahren, Marie und er waren letzten Winter von einer Polizistin zu einem Verkehrsnachhilfekurs verdonnert worden, in dem ein junger, eifriger Inspektor in Uniform ihnen eineinhalb Stunden lang eingebläut hatte, wie lebensgefährlich das Radfahren ohne Helm und ohne Licht sei.

Zu seiner Linken – Christian rutschte schnell auf die andere Seite – sah er endlich den Strand. Er war leer, bis auf eine kleine Gruppe älterer Frauen in Badeanzügen, die auf einer kleinen Mauer saßen und die Beine hinunterbaumeln ließen. Das seien ihre Freundinnen, sagte die Großmutter, auch sie seien alle verwitwet. Um diese Uhrzeit seien ihre Nachbarin und sie normalerweise mit ihnen am Strand. Sie träfen sich meist so zwischen acht und halb neun. Gegen halb zehn, nachdem sie mit ihnen getratscht und ein wenig geplanscht habe – oder sogar geschwommen sei –, gehe sie allein nach hinten zu den Felsen und setze sich in die Sonne. Dort denke sie an den Großvater, und natürlich auch an ihn, Christian, an Marie, an die Mutter, an den Vater. Seit dem Tod des Großvaters verfiel sie oft in diesen melancholischen Ton, von einem Moment auf den anderen.

An der Place du Port bogen sie rechts in die steil ansteigende Straße ein, über die sie zum Parkplatz des Wohnhauses gelangten. Ob sie nicht mit ihnen frühstücken wolle?, fragte die Großmutter die Nachbarin beim Aussteigen.

Die Nachbarin bedankte sich, sie habe schon gefrühstückt, außerdem müsse sie ihren Hund – er habe noch immer nichts gefressen – zum Tierarzt bringen, bevor der zu Mittag schließe.

Sie verabschiedeten sich voneinander mit zwei *bisous*. Sie sähen sich am nächsten Tag zum Einkaufen, sagte die Nachbarin, sie hole sie am Nachmittag ab, so gegen vier?

Halb fünf, antwortete die Großmutter und lächelte, bis vier mache sie ja ihr kleines Nickerchen.

Als er mit der Großmutter die Stiege hinaufging, ärgerte sich Christian darüber, dass er sich auch dieses Jahr nicht daran erinnerte, ob die Wohnung im ersten oder zweiten Stock lag. Er ging voraus und wartete bei der Glastür, die zu den Wohnungen im ersten Stock führte. Es war richtig.

Er erinnerte sich, wie ein älterer Mann Marie und ihn, während sie auf dem Gang hin und her gerannt waren, durch ein Fenster angebrüllt hatte: Es gebe Leute, die um diese Uhrzeit – es war zwei, drei Uhr nachmittags – schlafen wollten.

Seit dem letzten Jahr hatte sich die Wohnung ziemlich verändert: Die Großmutter hatte den dunkelorangen Teppich durch weiße Fliesen ersetzen und eine neue Küche einbauen lassen. Die Küchenschränke schienen stabiler, fester, beim Öffnen knarrten sie nicht mehr, und beim Schließen fielen sie nicht mehr mit diesem hellen Knall auf den Holzrahmen, sondern federten sich die letzten paar Zentimeter wie von allein ab. Auch die große Glasschiebetür, die auf den Balkon führte, von wo aus man den Strand, die Felsen und das Meer bis zum Horizont sah, ging nun leichter auf – letztes Jahr noch hatte Christian sie mit beiden Händen aufstemmen müssen, die Nachbarin unten musste es jedes Mal gehört haben.

Auf dem Balkon die *Tramontane*, das Klappern der Wäscheklammern auf dem Wäscheständer. Um wie viel frischer die Wohnung wirke!, sagte Christian. Er rückte einen der Stühle zurecht, so dass er auf den Strand sah, lagerte die Füße auf einem anderen hoch.

Es habe sie viel Kraft gekostet, seufzte die Großmutter, die Arbeiter heutzutage seien unverschämt. Seit dem Tod des Großvaters, seit sie allein sei, habe sie das Gefühl, sie werde laufend über den Tisch gezogen. Die Fliesenleger beispielsweise hätten sich, nachdem sie die Fliesen im Geschäft in Perpignan bestellt und gleich bezahlt habe, über zwei Wochen nicht gemeldet, obwohl sie jeden Tag angerufen und sie auf dem Anrufbeantworter gebeten habe, sie zurückzurufen. Sie hätten viel zu tun gehabt, habe es dann geheißen. Trotzdem hätten sie sich doch melden können, habe sie ihnen entgegnet. Er wisse wohl besser, was er könne und was nicht, habe der Fliesenleger darauf geantwortet. Wäre der Großvater noch da: Dieser Fliesenleger hätte sich das nie sagen getraut, sie kenne ihn ja noch von früher – da sei er immer pünktlich und darüber hinaus äußerst höflich gewesen, dieser Heuchler. Und als sie sich geweigert habe, die Rechnung zu unterschreiben, auf der die beiden Arbeiter nach zwei Tagen Arbeit ihre Mittagspause – zwei mal zweieinhalb Stunden, zweieinhalb Stunden! – als Arbeitszeit verrechnet hätten, habe er ihr doch tatsächlich gesagt, das hätte er von ihr nicht erwartet. Aber es sei doch vielmehr an ihr, so etwas zu sagen, wofür er sich denn halte?, habe sie entgegnet. Er habe die Rechnung dann zerrissen, eine neue geschrieben, absichtlich in unleserlicher Schrift, mit aufgerissenen Nasenlöchern, und nachdem sie die Rechnung mit dem Taschenrechner überprüft – er bringe sie nun einmal dazu, habe sie ihm gesagt – und unterschrieben habe, sei er wortlos abgezogen und habe die Tür zugeschmettert. Der andere Arbeiter habe sich wenigstens noch verabschiedet und entschuldigt. Und das sei nur einer von vielen Fällen. Für diese Männer – sie sprach das Wort mit einer solchen Verachtung aus, wie es Christian noch nie gehört hatte – gebe es nun einmal nichts Wehrloseres als eine verwitwete, alleinstehende alte Frau.

Im Wohnhaus in Tours, fuhr die Großmutter fort, da spiele ihr ein vierzehn-, fünfzehnjähriger Araber – ein Marokkaner, glaube sie –, der zusammen mit seiner Mutter einen Stock höher wohne, regelmäßig Streiche, läute an ihrer Haustür und verschwinde, klebe ihr Kaugummis auf den Briefkastenschlitz, werfe eine Hand voll Kieselsteine auf ihren Balkon. Dabei habe sie ihm nie etwas getan, nie. Einmal, da sei er mit einem Freund am Parkplatz aufgetaucht, habe sie, als sie vom Supermarkt nach Hause kam, beschimpft, ihr Dinge nachgerufen wie: Scheiß Französin, er werde ihr Land so lange ficken, bis es ihn endlich möge... Sie habe ständig das Gefühl, als wolle er sich an ihr rächen. Aber wofür? Einmal habe sie seine Mutter im Stiegenhaus getroffen, habe ihr höflich gesagt, dass ihr Sohn sie beschimpft habe, sie gefragt, was sie ihm denn getan habe. Sie solle ihrem Sohn nichts anlasten, nur weil es in ihr Weltbild passe, habe ihr die Mutter entgegnet, ihr Sohn sei ein guter Junge, der keiner Fliege etwas zuleide tue. Sie solle sie mit ihrem Ausländerhass in Ruhe lassen.

Die Großmutter seufzte auf. Frankreich sei nicht mehr das, was es einmal gewesen sei. Ihr komme vor, als gehe es seit dem Tod des Großvaters mit Frankreich doppelt so schnell bergab wie seit den Studentenunruhen von achtundsechzig. Immer heftiger und hilfloser fühle sie sich der Grobheit, die hier herrsche, ausgeliefert. Wer weiß, ob es diese Grobheit nur hier in Frankreich gebe. Wahrscheinlich sei es überall so. Was sie jedenfalls wisse, sei, dass die Welt nicht immer schon grob gewesen sei. Sie sei es erst geworden. Und sie alle seien ihr nun ausgeliefert, dieser allgemeinen Grobheit, sie alle hätten schlussendlich keine Wahl, sie müssten mit ihr zu leben lernen. Aber sie rede wieder einmal zu viel, anstatt sich um das Frühstück zu kümmern. Der Kaffee komme gleich.

Sie ging in die Küche. Auf der Laterne vor dem Lavendelgarten der Nachbarin hatte sich eine Möwe niedergelassen. Erst nach einigen Sekunden fiel Christian auf, dass sie nur ein Bein, aber überhaupt keine Mühe hatte, ihr Gleichgewicht zu halten. Sie schien sogar sicherer dazustehen mit diesem einen Bein, als sie es in Christians Vorstellung mit zwei Beinen vermocht hätte. Ihr Schwanz zuckte hoch, sie schiss ins Lavendelgebüsch und flog, nach einem flotten Hopser von der Laternenkante, unbeschwert in Richtung Strand.

Der Filterkaffee schmeckte so, wie er immer schon nur bei der Großmutter geschmeckt hatte, ebenso das Baguette mit Butter und Brombeerkonfitüre. Ob sie die Brombeeren auf den Hügeln gepflückt habe?, fragte Christian.

Ja, vor einer Woche sei sie oben gewesen, antwortete die Großmutter. Sie gehe öfter auf den Hügeln spazieren, am späten Nachmittag, wenn die Hitze nachlasse. Sie lehnte sich an das Balkongeländer, sah zum Strand. Christian solle bald hinuntergehen, sagte sie, innerhalb der nächsten Stunde kämen mehr und mehr Leute an den Strand, außerdem sei das Wasser jetzt noch ruhig und klar.

Christian überkam plötzlich die Lust, sich sofort ins Wasser zu stürzen, ohne sich – wie er es letztes Jahr jedes Mal getan hatte – übervorsichtig mit den Händen zuerst den Nacken und die Brust zu benetzen.

Bevor er gehe, solle er sich aber noch eincremen, sagte die Großmutter. Sie ging ins Wohnzimmer und kam mit einer Tube Sonnencreme wieder.

Er wolle nicht, entgegnete Christian in einem Ton fröhlicher Ungeduld, er wolle sofort hinunter. Er verspreche ihr, sich nach dem Baden einzuschmieren, oder noch besser: nach dem Baden sein Hemd wieder anzuziehen.

Wenigstens den Nacken und die Schultern, sagte die Großmutter.

Nein, beharrte Christian, er möge es nicht, wenn das Hemd an der fettigen Creme klebe, dafür aber umso mehr, wenn die Kleidung im Wind aufflattere.

Die Großmutter stellte seufzend die Sonnencreme auf den Tisch.

Aus seiner Tasche wühlte Christian die Badehose heraus, schwarz und fast knielang, zog sich im Bad um. Währenddessen hatte die Großmutter ein Badetuch, eine Flasche Wasser und – so war sie nun einmal – die Sonnencreme sorgsam in eine Korbtasche gepackt. Neben der Tasche lag außerdem ein Paar Flip-Flops; hatte sie die neu gekauft, oder lagen sie mit den Tauchbrillen,

Schnorcheln, Flossen und Schwimmflügeln seit einer halben Ewigkeit im Schrank? Zu trinken dürfe er ja nicht vergessen, sagte sie, er müsse wissen: Selbst um diese Uhrzeit sei die Sonne nicht zu unterschätzen, er sei hier nicht in der Schweiz.

Das wisse er, antwortete Christian und lachte, sie könne sich nicht vorstellen, wie glücklich ihn das mache.

Die Großmutter gab ihm, ihn an den Schultern haltend, einen dicken Kuss auf jede Wange. Sie hatte plötzlich Tränen in den Augen. Er solle jetzt gehen, sagte sie mit gebrochener Stimme, und spätestens um halb eins wieder zu Hause sein.

Christian versprach es, nahm die Korbtasche, schlüpfte in die Flip-Flops, die wie angegossen passten. Beim Hinausgehen musste er sich kurz gegen die Tür stemmen, weil sie sonst durch den starken Luftzug – die Glasschiebetür zum Balkon am anderen Ende der Wohnung stand offen – zugeknallt wäre. Das Donnern einer zuknallenden Tür hörte man in diesem Wohnhaus mehrmals am Tag – so hatte er es jedenfalls in Erinnerung –, genauso wie das Klatschen der an die Fußsohlen zurückschnellenden Flip-Flops, das im Stiegenhaus nachhallte.

Er nahm den schmalen, auf beiden Seiten von Pinien gesäumten Stufenweg, der zur Place du Port führte. Auf dem Parkplatz zu seiner Linken stand, schon seit Jahren, ein alter VW-Kombi, mit seinen von innen mit Aluminium bedeckten Fenstern. Die Seitentür war offen, und aus dem Inneren kam Musik, flaches Elektrogitarrengesäusel aus dem Radio. Noch nie hatte er den Menschen, der sich da drinnen verschanzte, gesehen. Ob der auch den Winter hier verbrachte? Als er in die Avenue Dreyfus gelangte, ließ ein kräftiger *Tramontane*-Stoß die Palmkronen aufrauschen. Er ging über jenen Teil der Avenue, der über das im Sommer ausgetrocknete Flussbett führte. Es diente den Strandgästen als Parkplatz; jetzt, am Vormittag, waren nur wenige Autos abgestellt.

Als er am *Office de Tourisme* vorbeiging, tat sich ihm der Strand auf. Die Freundinnen der Großmutter schienen nicht mehr hier zu sein; dafür vereinzelt ältere Leute – oder zumindest im Elternalter –, allein, zu zweit, zu dritt. In die Hüpfburg, die an den Minigolfplatz grenzte, wurde um diese Uhrzeit noch Luft gepumpt. Nachmittags lief, während jedes Kind in einem durch Netze abgetrennten Bereich hüpfte, Musik, eingängige Ferienlieder mit Kinderstimmen, seit Jahren dieselben.

Er breitete sein Badetuch so nahe am Wasser aus, wie er es sich letztes Jahr kein einziges Mal getraut hatte. Damals war er immer weit hinten, außerhalb des Geschehens gelegen. Er sammelte vier faustgroße Steine auf und beschwerte damit die Enden des Handtuchs, zog sein Hemd aus und verstaute es in der Korbtasche, die er in die Mitte des Handtuchs stellte, damit die *Tramontane* es nicht wegwehte. Dann schlüpfte er aus seinen Flip-Flops: Noch waren die Strandsteine nicht so heiß, dass man barfuß gehen konnte. Wie jedes Jahr fiel ihm auch diesmal auf, wie bleich er im Vergleich zu den anderen Leuten hier war. Diese Blässe war ihm peinlich. Man könnte ihn für einen Deutschen halten, dachte er. War es der Großvater gewesen, der einmal den Witz gemacht hatte, dass man die Deutschen hier an ihrer bleichen Haut und dem noch bleicheren T-Shirt-Abdruck erkenne?

Bei der ersten Berührung schien ihm das Wasser unüberwindbar kalt. Es war klar, Christian konnte sogar den Meeresgrund sehen. Als ihm das Wasser bis zur Brust stand, ließ er sich nach vorn fallen, tauchte nach dem ersten Schwimmzug unter und schwamm etwa zwanzig Meter unter Wasser. Er erinnerte sich, wie der Obsthändler in der Rue Saint-Pierre ihm einmal erklärt hatte, dass die Augen, wenn man sie unter Wasser öffne, kurz brennten, nach ein, zwei Sekunden aber nichts mehr zu spüren sei.

Schon vom Ufer aus hatte das Floß weniger weit weg gewirkt als vom Balkon aus, und jetzt waren es höchstens noch einmal so viele Schwimmzüge wie vorhin unter Wasser. Kein einziges Mal war er letztes Jahr auf dem Floß gewesen, und dieses Jahr könnte er es schon am ersten Tag gewesen sein. Er machte ein paar kräftige Stöße auf dem Rücken, sah das Wohnhaus, und, ganz klein, den Balkon der Großmutter.

Er war offenbar der erste auf dem Floß. Die Holzplatten waren trocken, keine Spur eines nassen Fußabdruckes. Er setzte sich, ließ die Füße ins Wasser baumeln. Vor sich hatte er das ganze Dorf, und hinter dem Dorf lagen die Hügel und Berge in allen möglichen Grüntönen. Auf der Spitze des kleinen Hügels lag die kleine weiße Kapelle Notre Dame de la Salette. Als Kind war er mit dem Vater einmal oben gewesen, hatte einen *lézard* – das deutsche Wort fiel ihm in diesem Moment nicht ein – über die weiße Mauer huschen gesehen. Ob dort noch Gottesdienste gefeiert wurden? Vielleicht sollte er am Sonntagmorgen hinaufmarschieren, nur zu gern würde er die Kapelle einmal von innen sehen.

Er streckte sich in der Mitte des Floßes aus, schloss die Augen. Das Floß schaukelte sanft, hin und wieder hörte er das Wasser im Hohlraum darunter plätschern, die eine oder andere Kinderstimme, die die *Tramontane* vom Meer herüberwehte.

Das Wasser kam ihm, als er sich über die kleine Floßleiter zaghaft wieder hineinließ, noch kälter vor als vorhin am Ufer, auch während des Schwimmens fröstelte ihn. Seine Haare waren so gut wie trocken. Er sah auf die Rathausuhr, deren Zeiger er jetzt, auf halber Strecke, endlich ausmachen konnte: fast viertel vor eins. Er war auf dem Floß wohl doch länger eingenickt. Ihm entgegen schwamm ein alter Mann mit Dreitagebart. War das nicht der, den Marie und er vor Jahren auf der Hüpfburg hatten springen sehen? Als er an Christian vorbeischwamm, tauchte er für einige Meter unter und schüttelte, nachdem er wieder aufgetaucht war, kräftig den Kopf. Christian tauchte ebenfalls unter, er konnte doch nicht mit trockenen Haaren aus dem Wasser kommen.

Neben seinem Platz hatte sich die Familie mit dem kleinen blonden Mädchen und dem Vater mit den kurzen grau-schwarzen Locken ausgebreitet; seit Jahren sah sie Christian hier. Es war das erste Mal, dass er näher am Wasser lag als sie. Das Mädchen war in diesem Jahr wieder gewachsen, vor ein paar Jahren hatte er sie noch herumkrabbeln gesehen. Er ging nach hinten zur Dusche. Das Wasser war eiskalt, aber er zwang sich, solange darunter zu bleiben, bis es sich von selber ausschaltete. Er rieb sich – er musste sich bewegen – die Haare, das Gesicht, die Brust, hielt jede Schulter einzeln unter den Duschstrahl.

Rasch verstaute er das Badetuch in der Korbtasche, schlüpfte in seine Flip-Flops. In Richtung *Office de Tourisme* gehend, kramte er unter dem Badetuch die Wasserflasche hervor, nahm einige Schlucke. Das Hemd kratzte ein wenig auf der Haut. Im Flussbett standen jetzt einige Autos mehr als vorhin. Das waren die Leute mit den Sonnenschirmen, wie die Familie neben ihm. Ohne Sonnenschirm, dachte er, komme um diese Uhrzeit niemand an den Strand, höchstens Ausländer, Touristen aus dem Norden, die sich nicht auskannten und die Sonne unterschätzten und übermütig wurden.

Vom Balkon des Wohnhauses, der über dem Eingang ins Stiegenhaus lag, dröhnten die Fernsehnachrichten. Wenn Christian recht hörte, moderierte Harry Roselmack. In der Wohnung roch es nach gebratenem Fisch, nach *sole* – auch dafür wollte sich das deutsche Wort bei Christian nicht einstellen. Die Großmutter saß auf dem Sofa vor dem Fernseher. Wo er solange gewesen sei?, fragte sie in einem ruhigen, aber eindeutig übelnehmenden Ton. Und ob er sich etwa das Gesicht nicht eingecremt habe?

Christian drehte sich um und ging ins Bad. Er sah in den Spiegel: Das Gesicht, der Hals – er zog hastig sein Hemd aus –, die Brust, der Bauch, die Schultern, die Ober- und Unterarme, selbst die Knie, die Waden und die Füße: alles rot, feuerrot.

*Fünftes Kapitel*

Sieben Tage lag er bei zugezogenen Vorhängen im Bett, die ersten zwei Tage sogar für ein, zwei Stunden im kühlen Wasser der Badewanne. Die Großmutter hatte drei verschiedene Cremes besorgt, die sie ihm auf Empfehlung ihrer Apothekerin drei Mal täglich, morgens, mittags und abends, übereinander auftrug. Morgens war die Haut wie ausgetrocknet und fühlte sich wund an, vor allem beim Aufstehen, und abends schien sie immer noch aufgeheizt von diesen Stunden auf dem Floß.

Als er am dritten Tag um die Mittagszeit in der Badewanne lag, hörte er die Großmutter nach Hause kommen, das Rascheln der Einkaufstaschen, ihren erschöpften Atem wegen des steilen Weges, den sie über die brüchige Steinstiege nehmen musste. Er hörte sie an der Badezimmertür vorbeitapsen, kurzes Geraschel und Geklapper aus der Küche, schließlich ihre Schritte, die wieder näherkamen. Sie klopfte an und fragte, ob alles in Ordnung sei.

Ja, antwortete Christian und ließ dabei die Tür nicht aus den Augen. Er wusste nicht, ob er sie zugesperrt hatte. Kaum war die Türklinke niedergedrückt, lugte die Großmutter auch schon durch den Spalt herein. Christian blieb bewegungslos im klaren, schaumlosen Wasser liegen, die Beine verhalten aneinander gepresst und mit beiden Händen im Wasser seinen Schambereich bedeckend. Armer Kleiner, sagte sie, zog den Kopf wieder zurück, tapste, wobei sie die Tür offen ließ, in die Küche und kam mit einem Stuhl zurück, auf den sie sich,

Christian den Rücken zugewandt, vor die Badewanne setzte.

Eine Gruppe Jugendlicher, fing die Großmutter an zu erzählen, habe am Vormittag das Floß so lange hin und her balanciert, bis es sich überschlagen habe; sie seien dann hinaufgeklettert, hätten gesungen, gegrölt und gejohlt, bis nach wenigen Minuten eine etwa vierzigjährige, stämmige Polizistin in Uniform und mit Piloten-Sonnenbrille in ihrem roten Motorboot angefahren gekommen sei und ihnen befohlen habe, das Floß augenblicklich auf die richtige Seite zu kippen. Während die Jugendlichen es mit vereinten Kräften hin und her geschaukelt hätten, habe die Polizistin sie in ihrem Motorboot umkreist und ihnen mit verschränkten Armen zugesehen.

Als die Aktion gelungen war, habe sie den Motor abgeschaltet, vorn an ihrem Boot ein Seil befestigt, das andere Ende den Jugendlichen zugeworfen, *tirez!* geschrien und sich, mit verschränkten Armen wie ein Admiral nach siegreicher Seeschlacht ganz vorn in ihrem Motorboot posierend, von ihnen bis ans Ufer ziehen lassen. Keuchend seien die Jugendlichen an den glotzenden Sonnenbadenden zu ihrem Badetuch-Gelage getorkelt, wo sie stundenlang geschlafen hätten, der eine oder andere Junge mit dem einen oder anderen Mädchen im Arm. Wie auch immer, sagte die Großmutter, sie bereite jetzt das Essen vor – Kabeljau mit Gemüse, danach Tomatensalat und zum Schluss, Käse schließe eben den Magen, einen *Saint-Félicien*. Aber als allererstes dunkle sie das Wohnzimmer ab.

Während des Essens liefen die Nachrichten auf TF1, die Esstischlampe brannte, nur durch eine winzige undichte Stelle des Rollladens war zu erkennen, dass draußen die Sonne schien. Die Gabel in der Hand, war Christian auf die kleinsten seiner Bewegungen bedacht, versuchte, möglichst nur den Unterarm zu bewegen und die Gabel auf dem kürzest möglichen Weg zum Mund zu führen. Es war das erste Mal, dass die Großmutter ihn nicht dafür rügte, das Messer nicht zu gebrauchen, überhaupt verlief das gesamte Essen ungewöhnlich wortkarg.

Erst als Christian, während die Großmutter das Geschirr spülte, auf dem Sofa ziellos herumzappte und bei einem Fußballspiel zweier französischer Mannschaften, die er nicht kannte, für wenige Sekunden Halt machte, drehte sich die Großmutter gespannt zum Fernseher und fing, nachdem sie den Wasserhahn eilig zugedreht hatte, über ein kleines Fußballturnier zu erzählen an, das am Strand gegen elf Uhr angefangen habe und jetzt wohl in vollem Gange sei. Der junge Mitarbeiter der Gemeinde, ein fabelhafter Junge, keine fünfundzwanzig Jahre alt, man kenne ihn hier im Dorf, habe die kickenden Jungs immer wieder mit dem Wasserschlauch bespritzt, und vor allem die Jüngeren, Kleineren, hätten sich wie kleine Vögel mit weit aufgerissenen Mündern vor den Schlauch gedrängt. Nach einem Spiel hätten die Älteren die Jüngeren Huckepack genommen, seien mit ihnen an den Sonnenbadenden vorbeigerannt – die Kleinen hätten geschrien, aber nicht vor Angst –, und alle gemeinsam hätten sie sich ins Wasser geworfen. Diese Einigkeit, diese Solidarität, die von diesen jungen Menschen ausgegangen sei, habe sie fast zu Tränen gerührt, sagte die Großmutter, sah Christian in die Augen und legte ihre

Hand dabei kurz auf sein Knie, als wollte sie ihm damit etwas sagen.

Sie seufzte auf, ging zurück in die Küche, Christian schaltete den Fernseher aus, zog sich in sein Zimmer zurück und legte sich vorsichtig auf das mit Cremes durchtränkte Bettlaken. Stundenlang lag er auf dem Rücken und hörte dem Donnern der zuknallenden Türen und dem Geklatsche der Flip-Flops im Stiegenhaus zu, sah vor sich hin, ohne dass seine Gedanken um etwas Bestimmtes kreisten, und wenn, dann nur für kurze Zeit, bevor ihn wieder eines der Geräusche im Stiegenhaus ablenkte oder die Stimmen aus dem Fernseher, den die Großmutter nachmittags bis drei, vier Uhr laufen ließ. Da die starke *Tramontane* die Hitze erträglicher mache, sagte sie, werde sie ausnahmsweise ein wenig früher schwimmen gehen, sie werde gegen sechs, halb sieben wieder zurück sein. Ob sie ihm irgendetwas aus der Rue Saint-Pierre mitbringen solle? Eine Zeitung, eine Zeitschrift?

Christian lehnte dankend ab. Gut, dass die Großmutter ihn nicht darauf angesprochen hatte, wie viele Musikzeitschriften er sich letztes und auch vorletztes Jahr hier gekauft, wie begierig er am Strand und auch abends in der Wohnung darin geblättert hatte. Es bereite ihr Sorgen, ihn diese Rap-Magazine lesen zu sehen, hatte sie ihm gesagt, er höre diese Musik doch nicht etwa?

Dass er dieses Jahr keinerlei Interesse an solchen Dingen zeigte, schien sie jedoch mehr zu bedrücken, als sie sich damals darüber geärgert hatte.

Kurz nach sechs Uhr kam die Großmutter zurück, setzte sich, ohne ihre Korbtasche davor ausgeräumt zu haben, zu Christian an den Bettrand und erzählte von den ungewöhnlich hohen Wellen, die wahrscheinlich mit der *Tramontane* zusammenhingen. So gut wie jeder Jugendliche am Strand, aber auch ganze Familien, Väter, Mütter und Kinder hätten sich in diese zwei, drei Meter hohen Wellen gestürzt, die Väter seien meist untergetaucht, mit einem sauberen Kopfsprung, und ein Junge, der sich zusammen mit seinen Freunden in die schaumig brechende Welle geworfen habe, sei einmal mit bis zu den Knien heruntergerutschter Badehose ans Ufer gespült worden. Und wie er dabei gelacht habe! Er habe sie an ihn, Christian, als Kind erinnert.

Diesen Abend gebe es nur Salat, Brot, Käse, und als Dessert bereite sie jetzt eine *Mousse au Chocolat* vor, sagte sie, dieser Marktstand gleich hinter dem Strand verkaufe die beste Bitterschokolade der Region.

Ein wenig erschöpft richtete sich die Großmutter auf, nahm ihre Korbtasche und verschwand über den Gang ins Wohnzimmer. Plötzlich hörte er sie energischen Schrittes näher kommen, und noch im Gang, bevor sie sich wieder zu ihm an den Bettrand setzte, sagte sie, sie habe ganz vergessen, ihm von einem Jugendlichen zu erzählen. Mit feuerrotem Rücken, Bauch, Gesicht, feuerroter Brust, feuerroten Schultern, Ober- und Unterarmen, Knien, Waden und Füßen sei er am Strand gelegen, mit einem Mädchen, seelenruhig. Er solle sich doch um Himmels willen etwas überziehen oder sich zumindest in den Schatten legen, ihr Enkel büße diesen Leichtsinn gerade zu Hause im Bett, bei zugezogenen Vorhängen, vor einigen Tagen noch in der Badewanne.

Er sei jung und habe Ferien, habe der Jugendliche gelassen geantwortet. Das Mädchen habe ihr, der Großmutter, gesagt, sie solle sich das einmal ansehen, und sie habe ihm mit ihrem Zeigefinger mehrmals demonstrativ auf die glühend rote Brust gedrückt, so dass lauter weiße Abdrücke darauf aufglimmten. Der Jugendliche habe aufgeschrien, so laut, dass einige Strandgäste sich nach ihnen umgedreht hätten, worauf das Mädchen nun die Stellen mit lauter Küsschen bedeckt und sich bei ihrem Freund oder Geliebten, oder was auch immer er war, entschuldigt habe, indem sie ihn zwischen den Küsschen mit allen möglichen Kosenamen überhäuft habe – *mon choux, mon amour, mon lapin*. Ob sich Christian vielleicht noch vor dem Essen duschen wolle, damit sie ihn gleich danach eincremen könne?

Christian richtete sich auf und schickte sich an, ins Badezimmer zu gehen. Nicht so hastig, hielt ihn die Großmutter zurück, zuerst dunkle sie das Wohnzimmer ab, von dort komme jetzt noch zu viel Licht in den Gang.

Während er auf dem Bettrand saß und hörte, wie sie die Rollläden herunterließ, fragte er sich, wie viele Tage er nun schon so verbracht hatte. Zwei, drei? Vier, fünf?

*Sechstes Kapitel*

Am Tag, an dem der Vater, Marie und Katja ankommen sollten, drehte er sich, noch im Bett, leichtsinnig auf die Seite und bemerkte es erst nach zwei, drei Minuten: Die Schulter und der Oberarm brannten nicht mehr. Die Haut schälte sich hier und dort – vor allem an den Oberarmen –, juckte an der einen oder anderen Stelle, aber das war ihm angenehm, wie wenn nach einer Erkältung der Husten sich lockert. Er wusste nun, dass das Schlimmste überstanden war.

Er konnte wieder nach einem Hemd im Kleiderschrank greifen, es sich sogar – wenn er es langsam und sachte anging – überziehen. Nach der kalten Dusche genoss er es, über seine Haut zu fahren: Endlich war sie nicht mehr getränkt von diesen fettigen Cremes.

Als er, das Badetuch umgebunden, aus dem Badezimmer kam, rief ihm die Großmutter aus der Küche zu, sie müsse ihn noch eincremen. Das sei nicht mehr nötig, rief er zurück, ging in sein Zimmer und schloss die Tür. Jetzt, wo er wieder halbwegs hergestellt war, überkam ihn ein leichtes Schamgefühl, dass sie die ganze Woche über seinen nackten Körper gesehen und auch angefasst hatte.

Er stellte sich vor, jetzt mit Gianni zu telefonieren: Was der ihm wohl alles zu erzählen hätte?

Die Ankunft des Vaters, Maries und Katjas verzögerte sich um einige Stunden bis zum Abend.

Die Verspätung sei zwischen Genf und Lyon entstanden, sagte der Vater beim Apéritif auf dem Balkon in seinem seltsamen Französisch. Zweieinhalb Stunden sei der TGV gestanden, niemand habe gewusst warum, und der Schaffner habe sich geweigert, Auskunft zu geben. Eine Frau, die im Viererabteil ihm gegenüber gesessen sei, habe vermutet, dass sich wieder jemand vor den Zug geschmissen habe. Ab Valence sei es dann zu Streitereien zwischen einzelnen Passagieren gekommen, die dieselbe Platzreservierung gehabt hätten. Das Computer-Reservierungssystem sei durcheinander gekommen, habe der Schaffner sich dann entschuldigt und den Leuten, die nun ohne Platz dagestanden seien, versprochen, ihnen würde der Preis der Fahrkarten zurückerstattet.

Es sei jedes Mal dasselbe Chaos, fuhr die Großmutter dem Vater ins Wort, jedes Mal, ob nun im TGV oder in den normalen Zügen. In den Schweizerzügen hingegen sei es, wenn sie zu ihnen nach Zürich fahre, jedes Mal von neuem ein Vergnügen: Die Kontrolleure und Fahrgäste seien freundlicher, die Durchsagen lauter und deutlicher, die Luft sei besser, und von Streitereien oder dubiosen Systemfehlern könne in den Schweizerzügen keine Rede sein. Noch dazu seien sie ausnahmslos pünktlich, auf die Minute, ja auf die Sekunde! Bei einem französischen Zug könne man ja schon davon ausgehen, dass er mindestens zehn Minuten Verspätung habe.

Christian wollte etwas dagegenhalten, wusste aber nicht, was.

Der Vater übersetzte in seinem Burgtheaterdeutsch für Katja, was die Großmutter so Lobenswertes über die Schweiz gesagt hatte. Hoffentlich hörten die Nachbarn auf den Nebenbalkonen nichts, dachte Christian.

Die Großmutter schenkte sich ein Glas *Banyuls* ein, fragte Katja, ob sie diesen Süßwein aus der Region probieren möchte. Katja lehnte dankend ab. Den Vater, Christian und Marie fragte die Großmutter gar nicht mehr, wusste sie doch, dass der Vater seit Jahren keinen Alkohol mehr trank, Marie Wein nicht schmeckte und Christian, seit jenem Abend im letzten Jahr, wo er stundenlang wegen des Vodka- und Malibu-Gemischs erbrochen hatte, alles Alkoholische mied. Zwei seiner damaligen Schweizer Freunde, Florian und Reto, war es genauso ergangen, aber kurze Zeit später schon hatten sie erneut getrunken und ihm gesagt, er solle sich nicht so anstellen, was für ein Weichei er sei. Gianni hatte es gehört und ihm gesagt, man müsse nicht jeden Blödsinn mitmachen, schon gar nicht, wenn Schweizer Bauern wie diese beiden da einen dazu anstifteten.

Nach dem Aprikosen-*Clafoutis*, der der Großmutter allerlei Komplimente einbrachte, beschlossen Marie und Katja, noch hinunter ins Dorf zu gehen. Marie wollte ihr den kleinen Markt gegenüber der Place de la Sardane zeigen.

Der Vater half der Großmutter beim Tischabräumen und Geschirrspülen. Christian setzte sich ins Wohnzimmer, machte den Fernseher an, schaltete ziellos von Sender zu Sender. Wieder eine Reportage über Jugendliche in der *Banlieue Parisienne*; die amerikanischen CSI-Serien auf zwei, drei Kanälen gleichzeitig; eine Art Big-Brother-Sendung im Freien, auf einer südostasiatischen Insel.

Ob Marie und Katja ihn fragen würden, ob er mitkommen wolle? Wollte er das überhaupt? Er würde Schweizerdeutsch mit ihnen sprechen müssen; man würde ihn für einen Touristen halten.

Sie kamen in die Küche und verabschiedeten sich von der Großmutter, die jeder zwei *bisous* gab und ihnen sagte, sie sollten vorsichtig sein und nicht zu spät nach Hause kommen. Sie waren beide geschminkt. Katja trug kurze Jeans, die knapp die Hälfte ihrer Oberschenkel bedeckten. Christian musste daran denken, wie verliebt er einmal in sie gewesen war, mit acht, neun, zehn und auch später noch. In der zweiten Klasse hatte er während des Unterrichts – kurz nachdem er sie zum ersten Mal im Gang neben dem Klassenzimmer gesehen hatte, als sie ihre Schulfinken anzog – einmal seine Hand auf den leeren Stuhl zwischen ihnen gelegt und gehofft, sie lege ihre in seine. Oft hatte er sich damals vorgestellt, wie sie sich im Gebüsch hinter dem Schulhaus in den Armen lagen, versteckt vor den andern. Heute wäre es ihm unmöglich, sich in eine Schweizerin zu verlieben, dachte er. Aber war *verliebt* überhaupt das richtige Wort für diese innige Anspannung, die er Katja gegenüber verspürt hatte?

Kaum waren Marie und Katja aus der Wohnung, schaltete Christian den Fernseher aus, ging auf den Balkon, sah ins Dorf hinunter, in dem mehr und mehr Lichter angingen.

Auf den Tisch hinter ihm stellte die Großmutter ein Tablett mit drei vollen Teetassen, setzte sich an ihren Platz. Kurz darauf kam der Vater, hängte das Geschirrtuch auf den Wäscheständer, befestigte es mit zwei Wäscheklammern. Er mache nach dem Tee mit der Großmutter einen Hafenspaziergang, ob Christian nicht mitkommen wolle?, fragte er in seinem Schriftdeutsch.

Ihm sei schlecht, murmelte Christian, den Balkon sicherheitshalber in Richtung Wohnzimmer verlassend, er müsse sich hinlegen. Er ging in sein Zimmer, setzte sich auf das Bett. Dass der Vater diese Unverschämtheit besaß, vor der Großmutter Deutsch mit ihm zu sprechen! Sie musste sich wohl jedes Mal fragen, ob es um etwas ging, was nicht für ihre Ohren bestimmt sei. Er dachte an Gianni, wie so oft in den letzten Tagen: Wie glücklich er sein musste in Kalabrien, mit seinem ausschließlich italienisch sprechenden Vater, seiner ausschließlich italienisch sprechenden Familie und Verwandtschaft. Christian erinnerte sich, wie Gianni einmal geklagt hatte, beim Elterngespräch jeden Satz des Lehrers für die Eltern und jeden Satz der Eltern für den Lehrer übersetzen und alles, was er selbst sagte, einmal auf Schwcizerdeutsch, für die Lehrer, und einmal auf Italienisch, für die Eltern, sagen zu müssen. Er, Christian, habe es da besser.

Als die Großmutter und der Vater weg waren, ging Christian noch einmal auf den Balkon, sah wieder ins Dorf hinunter. Es war jetzt vollständig Nacht, die Dorflichter glühten, auch die Kapelle Notre Dame de la Salette auf der Hügelspitze gleißte in warmem Gelb. Von der Hüpfburg am Strand drang gedämpft die Kindermusik herauf, übertönt – vor allem, wenn die *Tramontane* in Christians Richtung wehte – vom Johnny-Hallyday-Double unten auf einer Caféterrasse zwischen Avenue Dreyfus und Strand. In einer schwarzen Lederjacke und, wie Christian gerade noch erkennen konnte, blauen Jeans stand der Sänger auf einer kleinen Bühne, von der, ein wenig dilettantisch, Nebel aufstieg. Christian schnappte nur einzelne Wörter auf: *nuit, fin du monde, corps, infini,* und widerwillig kam ihm die Vorstellung, wie er sich vor der Mutter über Johnny Hallyday lustig machen würde, wie damals über Charles Trenet.

Noch bevor die Großmutter und der Vater von ihrem Hafenspaziergang zurückkamen, legte er sich, ohne das Licht auszumachen, in sein Bett und schlief ein.

Um halb vier wurde er von der zudonnernden Tür geweckt. Es waren Marie und Katja, er hörte sie flüstern. Was hatten sie so lange getrieben? Die Marktstände schlossen ja um Mitternacht, die letzten spätestens um halb eins. Als er ihre Zimmertür ins Schloss fallen hörte, platzte aus Katja ein Lacher, den sie die ganze Zeit über im Gang zurückgehalten haben musste.

*Siebtes Kapitel*

Als Christian die Küche betrat, saßen Marie, Katja und der Vater schon am Balkon beim Frühstück. Die Großmutter schnitt gerade ein Baguette in Scheiben. Da sei er ja, sagte sie lächelnd, sie habe ihn soeben wecken wollen. Sie bringe ihm gleich seinen Kaffee.

Christian setzte sich zu Marie, Katja und dem Vater. Sie sprachen über die Gymnasiums-Aufnahmeprüfung.

Die größte Mühe habe sie beim Deutsch-Aufsatz gehabt, sagte Katja.

Sie bei den Mathematik-Satzaufgaben, berichtete Marie.

Das schweizerische Schulsystem, warf der Vater ein, das sei ihm schon im ersten Schuljahr Christians und Maries aufgefallen, sei im Vergleich zum österreichischen geradezu versessen auf die Mathematik, es bewerte sie viel zu hoch.

Christian hoffte, dass die Nachbarn nicht auf ihren Balkonen saßen und sie Deutsch reden hörten. Wie der Abend noch gewesen sei? Die Frage war aus ihm herausgeplatzt, und er bereute sie schon im nächsten Moment, als die Großmutter mit seinem Kaffee und dem aufgeschnittenen Baguette aus der Küche kam und Marie auf Schriftdeutsch zu antworten begann: Sie hätten zwei Studenten aus Österreich kennengelernt, bei einem der Marktstände hätten die beiden sie schweizerdeutsch reden gehört und sie gefragt, woher sie seien. Später habe der eine ihnen gesagt, sie seien sich zunächst gar nicht sicher gewesen, ob sie, Marie und Katja, Deutsch gesprochen hätten, erst nach längerem und genauem

Hinhören hätten sie das eine oder andere deutsche – deutsche in Anführungszeichen – Wort herausgehört und sich schließlich getraut, sie anzusprechen. Schweizerdeutsch, habe der andere gesagt, sei und werde niemals Deutsch. Sie seien dann zusammen in eine Bar gegangen, wo die beiden Österreicher erstaunlich viele Jugendliche aus ganz Frankreich gekannt hätten. All die Leute hätten sie am Strand kennengelernt, habe der eine ihnen gesagt, hier ginge es ja ganz anders zu als in Österreich, man komme wie von allein mit den Leuten ins Gespräch, sehe sich dann auf der Straße, im Supermarkt, am Hauptplatz, beim Eisstand wieder.

Ob Christian sich erinnern könne, wie sie früher, als Kinder, den anderen Kindern hier aus dem Weg gegangen, immer nur möglichst unter sich geblieben seien? Irgendetwas an diesen Kindern und Jugendlichen habe sie, Marie, eingeschüchtert. Mit ihrem schnellgesprochenen Französisch hätten sie alle so ortsherrscherisch auf sie gewirkt, so ortsvereint gegen alles Fremde, Nichtfranzösische. Und letzten Abend auf einmal... Ob er wisse, worüber sie mit den beiden Österreichern und den französischen Jugendlichen die meiste Zeit geredet hätten? Ob er es glaube oder nicht: über die Schweiz und über Österreich, über das Schweizerdeutsche und das Österreichische. Die französischen Jugendlichen hätten alles ganz genau wissen wollen: Stundenlang hätten sie sich über die Unterschiede zwischen dem Schweizerdeutschen, Österreichischen und Schriftdeutschen, die sie ihnen anhand von Beispielen demonstriert hätten, amüsiert, und die französischen Jugendlichen hätten bei jedem Satz versucht, ihn möglichst richtig nachzusprechen. Katja habe ihnen den Schweizer Gruß „Hoi" beigebracht: Zuerst hätten die Jugendlichen große Mühe mit dem H am Anfang, diesem aspirierten Laut, gehabt, hätten es aber im Laufe des Abends immer besser hinbekommen, bis ihr „Hoi" von dem eines Schweizers nicht mehr zu unterscheiden gewesen sei.

Im Gegenzug hätten die Franzosen ihnen die Unterschiede zwischen dem Nord- und Südfranzösischen vorgeführt. Ein Mädchen aus Lille beispielsweise habe einen Satz aufgesagt, den ein Jugendlicher von hier dann in seinem katalanischen Akzent nachgesprochen habe. Bestimmte Sätze seien kaum wiederzuerkennen gewesen. Dieser eine Jugendliche, Philippe heiße er – Marie sprach den Namen französisch aus, das zweite I betonend –, habe ihnen dann einen Satz, bei dem der katalanische Akzent ganz besonders zur Geltung komme, zum Nachsprechen gegeben: *Je mange mon pain à la maison*. Die halbe Nacht hätten Katja, die beiden Österreicher und sie damit verbracht, diesen Satz möglichst mit katalanischem Akzent auszusprechen. Am besten sei es schließlich dem einen Österreicher, Stefan, gelungen. Katja habe es überhaupt nicht hingekriegt, sie habe mit ihrer schweizerischen Aussprache die andern jedes Mal zum Lachen gebracht, obwohl die französischen Jugendlichen ihnen versichert hätten, dass sie das Schweizerdeutsche und den schweizerdeutschen Akzent im Französischen charmant fänden. Philippe meinte sogar, er fände ihn süß.

Wie auch immer, diesen Abend müsse Christian unbedingt mitkommen, sie träfen sich um neun beim Eisstand auf der Place du Port.

Christian sagte kurzerhand zu, trank in einem Zug seinen Kaffee aus. Die Großmutter aß ein Konfitürenbrot, das sie, wie die Mutter, vor jedem Bissen in ihren Kaffee tunkte. Christian empfand den Anblick des mit Kaffee vollgetränkten Brots als so unappetitlich, dass er wegsehen musste, in Richtung Strand, wo sich eine große Menschengruppe niedergelassen hatte. Eines dieser Ferienlager? Er erinnerte sich, letztes Jahr war eine Truppe von Jungs und Mädchen in seinem Alter hier gewesen, und eines Abends, als er über die Place de la Sardane gegangen war, hatte ihn eines der Mädchen angelächelt. Wie dumm von ihm, es nicht angesprochen zu haben; er nahm sich vor, dieses Jahr keine Gelegenheit auszulassen, Jugendliche kennenzulernen.

Während Marie und Katja sich bereit machten, an den Strand zu gehen, räumte Christian unaufgefordert den Tisch ab, half der Großmutter beim Geschirrspülen. Er konnte nicht länger herumsitzen und herumliegen, ziellos herumzappen, dem Türdonnern und Flip-Flops-Geklatsche lauschen. Aber an den Strand konnte er auch nicht, die Haut schälte sich noch zu sehr.

Der Vater verabschiedete sich von ihnen, sagte, er gehe vor dem Schwimmen noch in ein Internetcafé.

Das sollte er auch einmal machen, dachte Christian. Vielleicht hatte Gianni ihm ja ein E-Mail aus Kalabrien geschrieben?

Den Vormittag verbrachte er damit, der Großmutter in der Küche zu helfen. Er putzte die festgewachsenen Bärte von den *moules*, die die Großmutter am Morgen beim Fischhändler in der Rue Saint-Pierre gekauft hatte, schnitt die Schalotten, den Knoblauch. Die Großmutter erzählte vom deutschen Soldaten, der während der Besatzungszeit bei ihnen auf dem Bauernhof gewohnt hatte. Vor einer Woche habe sie über einen entfernten Verwandten aus der Normandie erfahren, dass er ihre Geschwister auf dem Bauernhof besucht habe. Christian wisse ja, wie sehr sie seit ihrer Heirat mit ihrer Familie zerkracht sei. Die Geschwister hätten ihr natürlich nichts gesagt, sie habe sie vor ein paar Tagen angerufen, aber ihr Bruder habe sofort aufgelegt... Sie könne sich noch genau erinnern, wie der Soldat sich von ihr verabschiedet habe: Er habe Tränen in den Augen gehabt, sei ihr über die Wangen gefahren, habe sie dann fest an sich gedrückt. Er wusste wohl, was ihm zu Hause, in Deutschland, blühen würde. So sei es eben, sagte sie und fuhr mit der Hand durch die Luft.

Um halb drei kamen der Vater, Marie und Katja nach Hause. Die Großmutter war seit ein Uhr ungeduldig und in Sorge gewesen; vielleicht hatten sie sich wie er nicht eingeschmiert. Umso entzückter war sie, dass Marie und Katja ordentlich Farbe bekommen hatten. Nahe der Place de la Sardane, sagte Marie, wo sie vor einem Jahr die Luftmatratzen gekauft hätten, hätten sie Bräunungsöl entdeckt; die Verkäuferin habe es auf der Kassentheke ausgestellt, so dass man nicht umhin konnte, es zu kaufen. Es sei spottbillig gewesen, *Made in China*.

Die Großmutter schickte sich an, ihnen die Miesmuscheln aufzuwärmen, aber Marie wehrte ab: Katja und sie hätten auf der Place du Port einen Hamburger mit Pommes frites gegessen.

Dort biete man mittlerweile mehr amerikanisches Essen an als französisches, murmelte die Großmutter abschätzig.

Es schmecke trotzdem, sagte Marie achselzuckend. Aber auf dem Weg hierher hätten sie sich vorgenommen, nichts mehr bis zum nächsten Tag zu essen, Fettpolster seien hier und jetzt das letzte, was sie brauchen könnten.

Je später es wurde, desto mehr fing der bevorstehende Abend an, in Christians Kopf herumzuspuken: Würde auch er diese Sprechspiele mitmachen müssen, oder waren sie schon längst wieder vergessen, eine Blödelei von letzter Nacht? Als was hatte Marie sich vorgestellt? Als Schweizerin? Und plötzlich hatte er, wie vor der Ausländerparty, dieses Gefühl einer unangenehmen Verpflichtung, auch da wäre es ihm, wie er sich selbst eingestand, lieber gewesen, nirgendwohin zu müssen, frei über sich verfügen zu können. Andererseits: Seit er hier war, hatte er jeden Abend für sich gehabt, und dabei hatte er sich ständig nach etwas anderem, nach mehr gesehnt. Er musste dorthin, dachte er, unmöglich, einen weiteren Abend zu Hause zu bleiben, in seinem Bett herumzuliegen oder fernzusehen, während Marie und Katja, und überhaupt jeder Jugendliche hier, das taten, was sich für Jugendliche gehörte.

Er zog seine beige Leinenhose und ein weißes Hemd an, schlüpfte in seine Flip-Flops. Katja trug eine schwarze Hose, die genauso kurz geschnitten war wie die gestrige, dazu ein eng anliegendes gelbes T-Shirt.

Sie sollten sich in Acht nehmen und nicht so spät nach Hause kommen wie am Vorabend, sagte die Großmutter und verabschiedete sich von allen mit zwei *bisous*.

Als sie die brüchigen Stiegen zur Place du Port hinunter gingen, überlegte Christian, ob er Marie und Katja sagen sollte, dass er den ganzen Tag über schon leichte Kopfschmerzen habe. Aber er ließ es sein. Sich hier in Frankreich mit französischen Jugendlichen zu treffen – war es nicht genau das, was er wollte, worauf er sich schon so lange freute? Ein Augenblick des Hochgefühls überkam ihn, und er sagte zu Katja und Marie, wie schön es sei, endlich wieder draußen zu sein, wie sehr er sich freue. Und er atmete tief und laut durch die Nase ein, sah hinauf, wo der Halbmond sich am noch hellblauen Himmel bereits abzeichnete.

Unten an der Avenue Dreyfus angekommen, sahen sie neben der Place du Port eine Horde Jugendlicher vor einer der vielen Imbissbuden herumstehen. Waren es die neuen Freunde der beiden?

Dort sei Philippe, sagte Katja und zeigte in die Menge. Sie überquerten die Straße, und nachdem Marie Philippe beim Namen gerufen hatte, torkelte aus dem Getümmel ein blonder junger Mann mit Fünf-Millimeter-Kurzhaarschnitt, wie ihn offenbar viele junge Männer hier trugen, auf sie zu, einen halben Kopf größer als Christian und eine Bierflasche in der Hand. Er begrüßte Marie und Katja mit *bisous*. Marie stellte Christian und Philippe einander vor, wobei sie Christians Namen französisch aussprach – was ihn auf einen Schlag zuversichtlich stimmte.

Einen Moment, lallte Philippe, er wolle ihren Zwillingsbruder jetzt mit heimatlichem Gruß, mit heimatlichen Klängen willkommen heißen. Er roch nach allerlei Alkohol aus dem Mund, musste vor dem Bier wohl noch das eine oder andere Stärkere zu sich genommen haben. Wie dieser schweizerische Gruß noch mal gehe?, fragte er Marie und Katja, er habe ihn schon wieder vergessen.

Marie half ihm auf die Sprünge.

Philippe rülpste und stieß den Gruß und Christians Namen hervor; auch er sprach ihn französisch aus.

Marie und Katja krümmten sich vor Lachen.

Christian tat so, als freue er sich über diese makellose Aussprache, als freue er sich über dieses Hoi, dabei waren schweizerdeutsche Wörter das Letzte, wovon er hier etwas wissen wollte, außerdem kostete es ihn wider seinen Willen Anstrengung, Philippe Aufmerksamkeit zu zollen. Er habe gerade wie ein echter Schweizer geklungen, sagte er zu Philippe, den Begeisterten spielend.

Jetzt sei Christian dran, lallte Philippe, mit einem französischen Satz; Marie und Katja könnten ihn schon, er ginge so: *Je mange mon pain à la maison.*

Christian sprach den Satz wie Philippe mit übertrieben katalanischem Akzent nach und lächelte dabei, ohne zu wissen, warum.

Philippe schien wie vor den Kopf gestoßen. Ob er gerade richtig gehört habe? Wo Christian das gelernt habe? Ob sie, Marie, ihm das den ganzen Tag über beigebracht habe? Philippe legte seinen Arm freundschaftlich um Christians Schulter und nahm ihn drei, vier Meter weit mit. Christian schlug seinen Arm ebenfalls über Philippes Schulter, damit es nicht so aussähe, als würde er gegen seinen Willen von ihm mitgeschleift. Bei einer kleinen Gruppe von zwei Jungs und zwei Mädchen, die sich, jeder und jede ein Bier in der Hand, gegenüberstanden, machte Philippe Halt. Das sei Christian, der

Zwillingsbruder Maries, sagte Philippe, sie müssten sich unbedingt anhören, wie er den Satz vom Vorabend ausspreche. Als hätte er das Ganze mit Philippe als Lachnummer einstudiert, sprach er wie vorhin den Satz aus: *Je mange mon pain à la maison.*

Da könnten sie beide freilich nicht mithalten, sagte einer der beiden Jungs zu Christian in österreichischem Deutsch – ähnlich, wie es der Vater sprach –, reichte ihm die Hand und stellte sich vor: Er heiße Stefan. Der andere tat es ihm gleich und stellte sich als Tobi vor. Christian sprach seinen Namen französisch aus, in der Hoffnung, sie würden ihn fragen, warum er einen französischen Namen trage, aber noch bevor sie etwas sagen konnten, wandte sich das eine Mädchen – sie sprach wie Philippe mit starkem katalanischen Akzent, und Christian schien, als hätte er sie schon einmal gesehen – an Philippe:

Er solle sich jetzt einmal anhören, was ihre Freundin und sie Stefan und Tobi diesen Nachmittag am Strand beigebracht hätten. Tobi hielt sein Bier in die Luft und fing mit Stefan grölend zu singen an:

*Sur le pont*
*D'Avignon*
*On y danse*
*On y danse...*

Die beiden Mädchen hingen sich ineinander ein und hoben, wie bei einem Volkstanz, abwechselnd das rechte und das linke Bein. Philippe stemmte sein Bier in die Luft und stieß mit Stefan und Tobi an: auf die Jugend, *à la jeunesse*, grölte er, und stimmte in das Lied mit ein. Plötzlich kramte er sein Handy aus der Hosentasche, sah mit glasigem Blick auf den Bildschirm, schob es zurück

in die Hosentasche, stellte sein Bier am Boden ab, pfiff
in die Finger und schrie in die Menge: Die Diskothek auf
der Place de la Sardane habe soeben ihre Türen geöffnet,
der Abend könne endlich beginnen, worauf die Menge
– auch Marie und Katja, Christian sah sie ihr Bier in
die Höhe halten – mit lautem Beifall antwortete und in
Bewegung geriet; Christian drängte sich zu Marie und
Katja vor.

Christian müsse ihr die makellose Aussprache dieses
Satzes unbedingt beibringen, sagte Marie begeistert, wie
er das nur mache? Er habe ja immer schon eine schauspielerische Begabung gehabt, vor allem zur Parodie,
zur Übertreibung. Ob Katja sich daran erinnern könne,
wie Christian damals, mit neun, zehn, in den Pausen die
welschschweizerische Handarbeitslehrerin und ihr französisch-durchtränktes Schweizerdeutsch vor der ganzen
Klasse parodiert habe, und wie sie sich in der nächsten
Stunde dann alle hatten zusammenreißen müssen, weil
die Handarbeitslehrerin sich so deutlich mit Christians
Parodie gedeckt habe – die Wirklichkeit, in welcher sie
sich nach der Pause wiedergefunden hätten, nun plötzlich die Parodie selbst geworden war?

Katja antwortete, sie könne sich noch sehr gut daran
erinnern. Christian habe seither wirklich nichts von seiner Schauspielkunst eingebüßt.

Als sie nach zwei, drei Minuten bei der Diskothek
ankamen, hatte sich davor schon eine lange Schlange
gebildet. Sie stellten sich an und sahen, wie der Türsteher – ein Zwei-Meter-Hüne in Jeans, weißem, eng anliegendem Unterhemd, ein martialisches Kruzifix auf
die rechte Schulter tätowiert – Philippe und zwei, drei

anderen Jungs die Tür aufhielt; von drinnen dröhnte R'n'B-Musik. Christian fiel auf, dass so gut wie alle, die eintraten, den Türsteher kannten: Die Jungs begrüßten ihn mit einem Handschlag, die Mädchen, die meisten auf ihren Stöckelschuhen sich zu ihm hochstreckend, mit zwei Küsschen.

Als Christian an der Reihe war, runzelte der Türsteher die Stirn und verlangte einen Ausweis. Er habe ihn zu Hause vergessen, sagte Christian und war verwirrt, wie unbeholfen er das hervorgebracht hatte.

Dann dürfe er ihn leider nicht hineinlassen, sagte der Türsteher, er, Christian, sehe jünger aus als sechzehn, außerdem habe er ihn hier noch nie gesehen, ob er überhaupt von hier sei?

Seine Großmutter wohne hier, murmelte er.

Er solle ihm den Gefallen tun und aus der Schlange treten, sagte der Türsteher in bestimmtem, aber höflichem Ton, was ihn Christian besonders unsympathisch machte; er dürfe ihn leider nicht hineinlassen.

Christian trat aus der Schlange, Marie und Katja folgten ihm. Ob sie ihre Ausweise dabei hätten?, fragte Christian Marie auf Schriftdeutsch. Es war ihm plötzlich vollkommen gleichgültig, so nahe an den französischen Jugendlichen, die in der Schlange standen, mit Marie Schriftdeutsch zu sprechen, er hatte die Wörter bewusst zischend ausgesprochen.

Ja, aber sie ließen ihn doch nicht im Stich, antwortete Marie.

Sie sollten ruhig hinein, sagte Christian, er habe ohnehin schon den ganzen Tag über Kopfschmerzen. Er werde jetzt nach Hause gehen und sich hinlegen.

Marie und Katja versuchten ihn zu überreden, wenigstens noch auf ein Getränk in eine der Strandbars zu gehen, aber Christian wollte nur noch weg, er wollte nur noch für sich sein. Sie verabschiedeten sich, Marie und Katja stellten sich erneut an.

Christian ging die Avenue Dreyfus in Richtung Place du Port, auf der Seite, die nicht an den Strand grenzte, weil es dort ruhiger war. Auf der anderen Straßenseite kamen ausschließlich Jugendliche entgegen, auf dem Weg zu den Strandbars, zur Place de la Sardane, zur Diskothek. Viele von ihnen schienen angetrunken, nicht nur die mit einem Bier oder etwas Stärkerem in der Hand. Als ihm eine Gruppe entgegenkam, sah er zu Boden, beschleunigte seine Schritte und hoffte, dass ihn niemand anspräche oder einen Spruch fallen ließe, weswegen er in diese Richtung ging, in die Richtung, in die man nur nach Hause gehen konnte. Was würden sie nicht alles erleben, während er zu Hause in seinem Bett läge. Für einige würde das womöglich ein Abend, an den sie sich noch ihr ganzes Leben erinnerten... Einen Moment lang überlegte er umzudrehen, Marie und Katja aus der Schlange zu holen und mit ihnen in eine der Strandbars zu gehen.

Wahrscheinlich hatte Marie sich Philippe gegenüber am Vorabend tatsächlich als Schweizerin vorgestellt, dachte er. Er gestand sich ein, dass er diesen Philippe nicht mochte. Er hatte ihn den andern gegenüber – sogar diesen österreichischen Jungs – als Schweizer vorgeführt, als etwas, das er nicht war. Er stellte sich vor, Philippe käme eines Tages nach Zürich, allein, und er, Christian, wäre mit Gianni in einer größeren Gruppe unterwegs – ganz gleich ob mit Schweizern oder Ausländern: Er würde dann ebenso übergriffig werden wie Philippe, er würde ihn vor den anderen bloßstellen, ihn blamieren, so lange, bis Philippe die Flucht ergreifen würde…

Als er die brüchige Steinstiege hinaufging, blieb er plötzlich stehen. Er wollte nur noch eines: weg von hier, zurück in die Schweiz, so schnell wie möglich.

*Achtes Kapitel*

Er war, als er aufwachte, erleichtert, doch noch ein wenig geschlafen zu haben. Marie und Katja hatte er gar nicht nach Hause kommen gehört. Waren sie überhaupt nach Hause gekommen?

Zum ersten Mal, seit er hier war, machte er sein Bett. Die Großmutter hatte es – wohl am Vorabend, als er weg gewesen war – neu überzogen, hatte die von den Cremes verklebte Bettwäsche gegen frische gewechselt. Die halbe Nacht hatte er, sich hin und her wälzend, überlegt, wie er möglichst schnell von hier wegkäme, ohne die Großmutter zu verletzen. Die Wahrheit – über die er nicht lange nachdenken wollte, denn die Wahrheit, sagte er sich, war sein Gefühl – würde sie nicht verstehen. Er putzte sich die Zähne, ging seinen Text durch, den er, nachdem ihm die Idee dazu gekommen war, in der Nacht hundertfach durchgegangen war.

Die Großmutter saß mit dem Vater im Wohnzimmer am Esstisch, sie frühstückten.

Er sei ja ganz schön früh wach, sagte sie munter.

Er sei geweckt worden, erwiderte Christian. Sein künftiger Vorgesetzter, Herr Freier, habe ihn soeben angerufen und gebeten, innerhalb der nächsten drei Tage wegen einer äußerst dringlichen Angelegenheit, die er aber nur unter vier Augen besprechen wolle, bei ihm im Büro zu erscheinen. Er, Christian, habe ihn gefragt, ob es wirklich nicht anders ginge, aber Herr Freier habe darauf bestanden. Christian hatte ein, zwei Pausen eingelegt, damit es nicht wie auswendig gelernt klang.

Was sich sein Vorgesetzter dabei denke?, fragte die Großmutter verständnislos und führte, wie sie es immer tat, wenn sie besorgt war, ihre Handfläche an die Wange.

Wenn Christian wolle, rufe er Herrn Freier an, rede mit ihm, schlug der Vater – seltsamerweise auf Französisch – vor.

Er habe aus dessen Ton unmissverständlich herausgehört, was er von ihm erwarte, antwortete Christian. Ob er wohl für diesen oder den nächsten Tag noch einen Sitzplatz im Zug bekäme?

Die Großmutter stand auf, wollte etwas sagen, seufzte aber nur und drückte Christian ihr kleines Telefonbuch in die Hand. Dann setzte sie sich wieder, wie benommen, während Christian die Nummer des Bahnhofs wählte.

Es gebe einen Zug zu Mittag, sagte ihm eine freundliche Frauenstimme, ein Direktzug nach Zürich.

Erst nachdem er aufgelegt hatte, bemerkte er, dass er nach einem späteren Zug nicht einmal gefragt hatte. Hoffentlich schöpften die Großmutter und der Vater keinen Verdacht. Der morgige und übermorgige Zug sei ausgebucht, teilte er der Großmutter mit.

Sie wäre so gern noch mit Marie und ihm Brombeeren sammeln gegangen, sagte die Großmutter. Alles gehe so schnell, das alles passiere so plötzlich. Sie habe nicht einmal eine Blume da, die er dem Großvater ins Meer legen könnte. Aber vielleicht wolle er, bevor er gehe, vom Balkon aus – dem Meer zugewandt – ein kleines Gebet für ihn sprechen. Bei den letzten Worten klang ihre Stimme gebrochen.

Christian fragte sich, was er da nur anrichtete. Von allen konnte die Großmutter doch am wenigsten dafür.

Er ging auf den Balkon, stützte sich mit den Unterarmen auf das Geländer, sah in die Bucht. Das Dorf, der Strand, das Wasser: Alles schien plötzlich friedlich, alles schien ihm wohlgesinnt. Er dachte an den Großvater und bemerkte mit einem leisen Schuldgefühl, dass er selten an ihn dachte.

Während er in seinem Zimmer die Tasche packte, kam die Großmutter mit einem kleinen Säckchen, in dem eine Packung Butterkekse, ein Glas Feigen-, ein Glas Brombeerkonfitüre und drei sorgsam in Küchenpapier gewickelte Sandwiches waren, *casse-croûtes*, wie sie sie nannte.

Kurz darauf kam der Vater. Er habe die Mutter soeben angerufen, sie werde ihn am Bahnhof abholen.

Von seinem Zimmer aus hörte Christian die Zimmertür Maries und Katjas auf- und die Badezimmertür nebenan gleich darauf zugehen. Sie waren also doch da, jedenfalls eine von ihnen.

Es war Marie. Christian hörte, wie der Vater sie in der Küche kurz aufklärte. Dann kam sie zu ihm ins Zimmer. Er hatte diesmal überhaupt kein Bedürfnis, sie nach dem vergangenen Abend zu fragen.

Frechheit, sagte Marie, diese Vorgesetzten. Ob sie ihn zum Bahnhof begleiten solle?

Christian bedankte sich, er finde schon allein hin, sie solle sich ruhig ausschlafen.

Dann lege sie sich jetzt nochmals hin, sagte Marie, Katja und sie seien erst vor zwei, drei Stunden nach Hause gekommen. Ihr Kopf fühle sich doppelt so groß an wie sonst. Er solle anrufen, wenn er zu Hause angekommen sei. Sie strich ihm kurz über den Rücken und tappte zurück in ihr Zimmer.

Nur ein einziges Mal war er dieses Jahr also im Meer gewesen, noch weniger als im letzten Jahr. Selbst der Vater musste schon öfter schwimmen gewesen sein. Und in der Rue Saint-Pierre war er kein einziges Mal gewesen, das hatte er, soweit er sich erinnern konnte, noch nie geschafft. Er nahm sich vor, ein paar Minuten früher loszugehen, um den Weg über die belebte Straße zum Bahnhof zu nehmen. Die Flip-Flops ließ er im Zimmer, schlüpfte in seine Schuhe.

Beim Abschied legte die Großmutter ihm beide Hände an die Wangen, gab ihm auf jede mehrere Küsse. Manchmal dauere eben alles zu kurz, sagte sie, ihre Tränen zurückhaltend. Hätte es ein paar Grad weniger, würde sie ihn zum Bahnhof begleiten.

Der Vater gab ihm die Hand, er solle sich melden, wenn er angekommen sei.

Christian musste daran denken, wie Gianni ihm einmal gesagt hatte, er verstehe nicht, wie die Schweizer Familien sich untereinander nur die Hand und keine Küsschen geben könnten.

Als er von der brüchigen Steinstiege in die Avenue Dreyfus bog, die Reisetasche über der Schulter, fühlte er Abstand zu allem hier, auch zu den acht, neun Tagen, die er hier verbracht hatte: Ihm schien, als lägen sie viel länger zurück, als es tatsächlich der Fall war. Er bemerkte auch, wie unterwürfig und ehrfürchtig er alles hier wahrgenommen, wie viel Bedeutsamkeit er allem hier beigemessen hatte. Vielleicht wäre jetzt alles ganz anders, wenn er mit bescheideneren, nüchterneren Ansprüchen hierher gekommen wäre, dachte er, ohne jedoch genau zu wissen, was seine Ansprüche überhaupt gewesen waren.

In der Rue Saint-Pierre saß neben der Bäckerei der Bettler. Wie hatte er ihn während der ganzen Ferien vergessen können? Der Bettler grüßte ihn mit seinem eigenartig artikulierten *bonjour*, die Beine übereinander geschlagen auf einer Plastikkiste sitzend, einen Arm auf das Knie gestützt. Vor Jahren hatte der Vater ihm einmal erzählt, der Bettler sei Deutscher, er habe ihn die *Süddeutsche* lesen gesehen und ihn dann auf Deutsch angesprochen und sich mit ihm unterhalten. Er sei verheiratet gewesen, habe in der Nähe von Freiburg gelebt, eines Tages, aus heiterem Himmel, habe seine Frau ihn verlassen, da sei er in den Zug gestiegen und planlos herumgefahren. Hier habe es ihm gefallen. Auf einem Weinhügel hinter dem Dorf habe er eine kleine Hütte, Leute vom Dorf kümmerten sich um ihn, wenn er etwas brauche.

Christian wunderte sich über sich selbst, wie sicher und locker er sich gegenüber der Angestellten am Bahnhofsschalter gab. Er habe vor ein, zwei Stunden angerufen, sagte er, eine Fahrkarte in die Schweiz, nach Zürich, sollte für ihn hinterlegt sein. Er dachte überhaupt nicht über die Wörter, über den Satzbau nach, alles glitt ihm wie selbstverständlich über die Lippen. Vielleicht, weil er der Gegend, Vermeille, Frankreich nichts mehr beimaß.

Er nahm den schmalen Bretterdurchgang über die Gleise, stellte am Bahnsteig seine Tasche ab. Weiter vorn, beim Wartehäuschen, stand eine Familie mit zwei kleinen Buben. Alle, der Vater, die Mutter und die beiden Buben, waren hellblond, was durch ihre sonnengebräunte Haut besonders auffiel. Die Großmutter hatte letztes Jahr – oder war es vorletztes Jahr gewesen? – von einer großen, neuerbauten Siedlung hinter einem der Hügel erzählt, einem halben Dorf, in welchem so gut wie ausschließlich Schweden wohnten und das von den Leuten hier den Namen *Village des Vikings* erhalten habe.

Hinter sich, in der Böschung, entdeckte er inmitten von Kakteen und anderem, ziemlich trockenem Gestrüpp einen Brombeerstrauch, der voll war mit Früchten. Vorsichtig stieg er hinunter, bis er mit dem vorderen Fuß mehr oder weniger im Dornengestrüpp stand – gut, dass er seine Schuhe und Jeans anhatte –, und pflückte, darauf achtend, sich nicht zu weit nach vorn zu beugen, eine Hand voll Brombeeren. Damals, auf den Hügeln mit dem Großvater und der Großmutter, hatten sie ganze Säcke voll gesammelt, stundenlang. Die Brombeeren schmeckten säuerlich, und bei genauerem Hinsehen bemerkte Christian, dass sie an der Unterseite noch rötlich waren. Ihm fiel auf, dass er in der Schweiz noch nie Brombeeren gegessen hatte, jedenfalls konnte er sich an keine einzige Brombeere in der Schweiz erinnern.

Die Schienen begannen zu rauschen, er kletterte rasch die Böschung hinauf. Von weither sah er den Zug zwischen den Hügeln um die Kurve kommen. Er schlug seine Reisetasche über die Schulter, ging ein paar Schritte vor, in Richtung Wartehäuschen und schwedischer Familie, drehte sich um, machte, den immer näher kommenden Zug nicht aus den Augen lassend, ein paar Schritte rückwärts, drehte sich in einer einzigen, geschmeidigen Bewegung wieder um. Lange waren seine Schritte nicht mehr so leicht gewesen, und lange hatte er an seinen Bewegungen nicht mehr so viel Freude gehabt.

Wie bei der Hinfahrt fand er sich auch jetzt allein im Waggon. Wie er dann aber an den gelben Kärtchen über den Sitzen sah, waren die meisten ab Montpellier reserviert. Es war sehr kühl. Unter dem Fensterrahmen blies die kalte Luft der Klimaanlage. Er kramte einen Pullover aus seiner Tasche, den einzigen, den er mitgenommen hatte. Nach ein paar Minuten kam der Kondukteur, entwertete Christians Fahrkarte.

Den Kopf an das Fenster gelehnt, fiel er bald in dösenden Schlaf, in dem sich ihm ein Bilderreigen auftat: Da war die Großmutter auf dem Floß, den grölenden Jugendlichen, die es heftig zum Schaukeln brachten, abgekehrt, mit der Urne in der Hand, der an der Wasseroberfläche treibenden Asche des Großvaters nachschauend. Der Großvater und sie auf einem Felsen sitzend, ineinander verschlungen, sie ihren Kopf an seine Schultern gelehnt, unter ihnen das schäumende Meer. Er selbst in der Wohnung, im Wohnzimmer vor dem Großvater kniend, den Kopf gesenkt, der Großvater voller Sanftmut die Hand auf seinen Kopf legend. Philippe auf dem Leuchtturm, in die Wohnung spähend, dann mit Marie knutschend, und schließlich die Mutter, eifersüchtig dazwischenfahrend.

Als er aufwachte, war der Waggon fast voll. Neben ihm hatte eine ältere Frau Platz genommen. Wo war er? Er schob den Vorhang zur Seite: Das konnte nicht sein. Er fragte – auf Französisch – die Frau neben ihm.

Kurz vor Fribourg, antwortete sie, ebenfalls auf Französisch, und lächelte. Er sah zum Fenster hinaus; er war nicht in Stimmung, eine Konversation zu beginnen. Er erinnerte sich an damals, vor drei, vier, Jahren: Da war er diese Strecke von Genf aus gefahren, hatte vom Klassenlager zurück nach Hause müssen, unmittelbar nach der Ankunft in der Herberge. Den Lehrern hatte er gesagt, er fühle sich fiebrig, habe Kopfschmerzen und ihm sei schlecht, dabei wusste er, es war das Haschisch, das er mit seinen Schweizer Mitschülern vor der Abfahrt geraucht hatte, wie jeden Morgen, wie jeden Nachmittag, wie jeden Abend, damals. Schon die Hinfahrt war schlimm gewesen, aber kein Vergleich mit der Rückfahrt. Er hatte sie als einzigen Albtraum in Erinnerung: Es hatte Momente gegeben, da war ihm alles, was um ihn geschah, zusammenhangslos vorgekommen, fern von ihm einerseits, ihn einengend andererseits. Ein Schweißausbruch war dem nächsten gefolgt. Zu Hause hatte er sich hingelegt, hatte, nachdem er kurze Zeit später schweißgebadet aufgewacht war, zuerst den Vater, dann die Mutter angerufen, ihnen alles gestanden. Diese Angst, die er im Bett auf die Mutter wartend gehabt hatte, sie nicht wiederzuerkennen.

Die Mutter wartete auf Höhe der Lokomotive, sah mit unruhigem Blick in die Menge, die ihr auf dem Bahnsteig entgegenkam. Als Christian vor ihr stand, fuhr sie kurz auf, lächelte erleichtert, umarmte ihn, gab ihm zwei Küsschen auf die Wangen. Nachdem der Vater sie benachrichtigt habe, sei sie kurz davor gewesen, Herrn Freier anzurufen, sagte sie bedrückt.

Das hätte wohl nichts gebracht, antwortete Christian scheinbar gefasst, während er sich ausmalte, wie Herr Freier sie am Telefon fragte, wovon sie denn rede. Vielleicht hatte sie ja tatsächlich angerufen und spielte ihm jetzt etwas vor, wollte austesten, wie weit er mit seiner Lüge gehen würde?

Auf dem Weg zu den Rolltreppen, die hinunter zu den Schnellbahnen führten, schnappte er im Gedränge hie und da ein Wort oder einen halben Satz Französisch oder Englisch oder Italienisch auf, aber kein einziges Wort Schweizerdeutsch, was ihm seltsam vorkam und ihm, bis er an einem Imbissstand eine Stimme auf Schweizerdeutsch eine Cola bestellen hörte, Angst einflößte.

In der Schnellbahn, die sie gerade noch erwischten, saßen sie die ganze Fahrt über als einzige oben im Doppelstöcker. Die Mutter erzählte von der *Tartuffe*-Vorstellung – die letzte der Saison –, die sie vergangene Woche im Schauspielhaus in einer Inszenierung des Intendanten gesehen hatte. Die Schauspieler seien in einer Szene herumgesprungen und hätten – das sei offensichtlich Absicht gewesen – an die schwarzen und weißen Schafe auf diesem menschenverachtenden SVP-Werbeplakat erinnert.

Als sie die Kirchenstiege hinaufgingen, trafen sie den Hauswart beim Kehren; Christian kannte ihn noch aus der Zeit vom Religionsunterricht. Ob er etwa schon aus den Sommerferien komme?, fragte der Hauswart in seinem gebrochenen Deutsch mit kroatischem Akzent.

Leider, antwortete Christian. Er fragte gleich weiter, ob der Hauswart die Ferien in Kroatien verbringen werde?

In einer Woche fahre er, antwortete er, für ganze zwei Wochen. Seine Tochter heirate in einem kleinen Dorf, aber leider nur standesamtlich, ihr Zukünftiger sei Serbe, ein toller Kerl, aber dessen Familie weigere sich, ihre Familie kennenzulernen und einer kirchlichen Trauung beizuwohnen. Sie drückten sich zum Abschied die Hand, und ein paar Meter weiter sagte die Mutter, manchmal beneide sie ihn, Christian, dafür, dass er hier so viele Leute kenne, dass er in diesem Ort so eingebettet sei.

Zu Hause angekommen, setzte er sich gleich an den Computer, sah nach, ob Gianni ihm ein E-Mail geschrieben hatte. Aber in seinem Posteingang waren nur Werbemails und eine Nachricht von einem seiner ehemaligen Schweizer Mitschüler, Florian: eine Einladung zu einer kleinen Abschlussfeier am Freitag in zwei Wochen bei einer Grillstelle im Wald. Wie Christian sah, hatte Florian dieses Mail an die ganze Klasse verschickt, auch an Gianni. Er antwortete nicht, nahm sich vor, dort ganz sicher nicht hinzugehen, außer vielleicht, wenn Gianni hinginge.

*Neuntes Kapitel*

Auf dem Weg hinunter zum Schnellbahnhof, kurz vor den Kirchenstiegen, läutete sein Handy: Es war Florian. Christian hob nicht ab. Eigentlich sollte er Florians Nummer löschen, dachte er, und mit ihr all die Nummern der anderen ehemaligen Schweizer Mitschüler.

In der Schnellbahn fiel ihm bei der ersten Stationsdurchsage auf, dass der Lokführer neu sein musste. Es war das erste Mal, dass Christian die Stationsnamen nicht in tiefstem Zürichdeutsch ausgesprochen hörte, sondern in einem Deutsch, das er nicht kannte, das er nicht verorten konnte. Zuerst dachte er, es sei ein vorarlbergischer Dialekt, den er durch den Pfarrer vom Kommunions- und Firmunterricht zu kennen glaubte, doch schon beim zweiten Mal musste er feststellen, dass es doch eher nach Baseldeutsch klang, die folgende Durchsage erinnerte ihn hingegen stark an Sankt-Galler-Deutsch, und so ging es weiter bis zum Hauptbahnhof, wo Christian kurz davor war, zur Lok zu laufen, ans Fenster zu klopfen und den Lokführer zu fragen, was für ein Deutsch er spreche, was und woher er sei.

Ohne recht zu wissen, wohin, ging er erst einmal in die Bahnhofshalle hinauf. Von hier aus, kalkulierte er mit Blick auf die große Bahnhofsuhr, bräuchte er bis ins Musikgeschäft Buck rund zehn Minuten, das Gespräch könnte ungefähr zwanzig, dreißig Minuten dauern, dann der Rückweg zum Bahnhof nochmals zehn Minuten, die Fahrt mit der Schnellbahn wiederum zehn: Er dürfe also, damit die Mutter keinen Verdacht schöpfte, nicht vor einer Stunde wieder zu Hause sein. Obwohl er am Vorabend nach einer neuen Lösung gesucht hatte, beschloss er, es beim ursprünglichen Plan, den er in der letzten Nacht in Frankreich gefasst hatte, zu belassen: der Mutter zu sagen, das Ganze sei nur ein Loyalitätstest der Geschäftsleitung gewesen. Zwar sah er die Mutter schon empört zum Hörer greifen, aber er würde sie schon irgendwie von einem Anruf abhalten können.

Als er durch die Bahnhofshalle in Richtung Bahnhofsbrücke ging, genoss er mehr und mehr das Schweizerdeutsche von den Leuten, die an ihm vorüberhetzten. Er musste schmunzeln, als er sich daran erinnerte, wie er einmal vor der Großmutter mit Gianni telefoniert und dabei möglichst schnell und undeutlich Schweizerdeutsch gesprochen hatte, damit es für sie möglichst schwierig und fremd klang.

Wie hatte er hier den Leuten gegenüber nur unsicher, schüchtern, ängstlich oder verlegen sein können? Er konnte sich keinen anderen Ort vorstellen, an dem er sich mehr zu Hause, an dem er sich weniger als Fremder fühlte als hier. Er ging bei Rot über den Zebrastreifen, ein paar Meter weiter jaulten bereits die Motoren der vorderen Wagen einer Autoschlange auf, und als er den gegenüberliegenden Gehsteig erreicht hatte, bemerkte er, dass er sich nur hier, in Zürich, bei Rot über die Straße gehen traute, nirgendwo sonst, nicht einmal in Vermeille, wo es niemanden kümmern würde. Am Central läutete sein Handy, es war Gianni.

Er sei aus den Ferien, aus Kalabrien zurück, seit Mittag, sagte er. Er könne es kaum glauben, in vierundzwanzig Stunden stehe er schon bei Beppe im Geschäft.

Er sei seit dem vergangenen Abend wieder hier, sagte Christian, der Popabteilungsleiter habe ihn in Frankreich angerufen und ihn hierher bestellt, ohne ihm verraten zu wollen, weswegen. Er sei gerade auf dem Weg zu ihm.

Das müsse für ihn, Christian, ja noch schwerer sein als für ihn, meinte Gianni, er habe ja von Anfang an gewusst, dass er nur eine gute Woche in Italien habe. Trotzdem überkomme ihn eine geradezu wütende Sehnsucht, wie er sie noch nie verspürt habe. Vorhin, als er, gerade angekommen, an seinem Zimmerfenster gestanden und daran gedacht habe, dass er noch vor zwanzig Stunden in Kalabrien mit Kalabresen gefeiert, kalabresische Lieder gesungen, zu kalabresischer Musik getanzt, kalabresischen Wein getrunken, kalabresische Mädchen angebaggert habe, sei er kurz davor gewesen, sein Zimmerfenster zu zerschlagen, überhaupt sein ganzes Zimmer zu verwüsten, die Stehlampe, den Schrank, das Nachtkästchen. Er habe seine Hände angesehen und daran gedacht, wie sie vor wenigen Stunden noch Tische, Stühle und andere Hände in Kalabrien angefasst hatten: Ein Finger sei noch klebrig von den ganzen Cocktails, die im Taumel verschüttet worden seien; seine Schuhe seien noch staubig vom Sand, einzelne Sandkörner lägen in seinem Zimmer, er kehre sie später zusammen und werfe sie weg, damit sie ja kein Teil von diesem Zimmer oder sonst etwas Hiesigem, etwas Schweizerischem würden.

Dass es so schlimm sein würde, fuhr Gianni fort, habe er in Kalabrien nicht gedacht, vor allem, wo er doch während dieser Sommerferien zum ersten Mal den einen oder anderen Moment gehabt habe, in welchem er Frieden mit der Schweiz geschlossen zu haben glaubte: Zum ersten Mal habe er es geschafft, den Jugendlichen zu sagen, dass er in der Schweiz wohne, in der Schweiz lebe. Schon vom ersten Tag, vom ersten Abend an habe er bemerkt, wie interessiert die kalabresischen Jugendlichen daran gewesen seien, wie es sich in der Schweiz lebe, was dort anders sei und so weiter, und ob Christian es nun glaube oder nicht: Viele Leute habe er doch tatsächlich in Gesprächen über die Schweiz, über sein Leben in der Schweiz, über die Schweizer und das Schweizerische näher kennengelernt, sei ihnen ausgerechnet dadurch näher gekommen! In den letzten Sommerferien habe er den Jugendlichen gesagt, er sei aus einem kleinen Dorf in Norditalien, es sei ihm unmöglich gewesen, ihnen zu sagen, dass er in der Schweiz lebe. Aber selbst vor einem Jahr habe ihn die Rückkunft nicht so geschmerzt und aufgebracht und niedergedrückt wie diesmal. Er wisse nicht, wie er es weiter hier in der Schweiz, überhaupt außerhalb von Italien und besonders Kalabrien, aushalten solle.

Gianni klang, als wäre er den Tränen nahe; noch nie hatte Christian ihn so erlebt. Hatte er sich vorhin tatsächlich eingebildet, er gehöre hierher?

Ihm sei es bei seiner Ankunft ähnlich ergangen, sagte Christian schließlich, und seine Worte überkamen ihn regelrecht. Gianni solle sich vorstellen: Auch er habe in Frankreich das eine oder andere Mal das Gefühl gehabt, mit der Schweiz so etwas wie Frieden geschlossen zu haben. Aber früher oder später siege jedes Mal aufs Neue dieses tiefsitzende Gefühl, keinen Frieden mit diesem Land schließen zu können und zu wollen und es niemals auch nur im Geringsten gewollt zu haben. Er hasse dieses Land, er hasse es, ja, dieses Land sei sein Lebensgeschwür, und im Grunde genommen habe er nur ein Ziel: Dieses von der Schweiz ausgehende Weltbild auszulöschen, diese fremde Brille, die ihm aufgesetzt wurde, nur weil es seine Eltern hierher verschlagen habe, sie sich hierher verirrt hätten, endlich loszuwerden, sie zu zerschlagen und zu zertrampeln ...

Ob Gianni das E-Mail von Florian schon gelesen habe?

Kurz vor der Abfahrt, in einem Internetcafé, erwiderte Gianni, er habe ihm nicht einmal geantwortet. Mit diesen Schweizern, mit diesen zukünftigen Gymnasiasten abzuhängen, das sei das Letzte, worauf er Lust habe.

Nach dem Telefonat fand sich Christian auf dem Mühlesteg wieder. Seit Gianni den Tränen nahe gewesen war, fragte er sich unentwegt: Wie hatte er nur so Hals über Kopf aus Frankreich flüchten können? Und wie hatte er sich nur auf die Schweiz freuen, wie hatte er sich gerade vorhin noch hier am Platz fühlen können? Was sollte er hier überhaupt? Die Lehre absolvieren, drei Jahre lang? Drei Jahre an einem Ort, in einem Land, von dem er nichts wissen wollte?

Plötzlich hatte er das Gefühl, im nächsten Moment zusammenzusacken. Ihm war schwindlig; er stützte sich auf das Brückengeländer, atmete tief ein und aus. Seine Hände zitterten, er schwitzte. Unter ihm die reißende Limmat. Schnell weg von dieser Brücke.

NAMEN

*Erstes Kapitel*

Wie mit Herrn Freier vereinbart, klopfte Christian am Montag um neun an die Glasschiebetür des Musikgeschäftes Buck. Durch sie hindurch sah er die Frau mit der grauen Föhnfrisur und zwei weitere Mitarbeiter hinter dem Tresen. Mit skeptischem Blick drückte die Frau mit der grauen Föhnfrisur auf einen Knopf unter der Tresenplatte, worauf die Glasschiebetür aufging und Christian eintrat.

Er sei eine halbe Stunde zu früh, sagte die Frau mit der grauen Föhnfrisur trocken.

Herr Freier habe ihm gesagt, er solle um neun hier sein, entschuldigte sich Christian ein wenig schüchtern.

Die Abteilung leite mittlerweile sie, klärte sie ihn auf, und sie habe ihn um halb zehn erwartet. Aber wenn er schon einmal hier sei, solle er gleich mit anpacken: Ihre Mitarbeiter und sie bearbeiteten gerade eine Lieferung von CDs, die sie für die Sortimentserweiterung bestellt habe. Er solle ihr die Kiste vom Boden hier auf den Tresen heben, sie habe seit einigen Tagen einen Hexenschuss oder weiß der Teufel was.

Christian tat wie ihm geheißen, und als die neue Popabteilungsleiterin anfing, aus den CDs Stapel zu machen, fuhr sie fort: Herr Freier sei vor zwei Wochen fristlos entlassen worden. Die Geschäftsleitung – und nicht nur sie – habe nicht mehr gekonnt und gewollt mit ihm. Seit Monaten habe er eine eigene, von der Pop- und Klassikabteilung getrennte, unabhängige Jazzabteilung gefordert und das Nein der Geschäftsleitung nicht akzeptieren wollen, habe es immer wieder von neuem mit fadenscheinigen Argumenten versucht, von wegen Jazz sei weder Pop noch Klassik. Dass sie nicht lache! Wie auch immer: Christian solle sich kurz vorstellen, seinen Namen kenne sie bereits, Herr Freier habe sich um sein Namensschild und seinen Garderobenschlüssel gekümmert. Das sei auch schon das einzige, worum der gute Herr sich in letzter Zeit gekümmert habe.

Sie öffnete eine Schublade unter der Kasse und drückte ihm den Schlüssel und das Namensschild in die Hand, auf dem sein Name, darunter *Popabteilung* und darunter *In Ausbildung* stand.

Christian stellte sich mit vollem Namen vor, und auf die Frage der Popabteilungsleiterin, ob er aus Zürich sei, antwortete er, er wohne am Stadtrand, zwischen dem Entlisberg und dem Üetliberg, komme aber ursprünglich aus Frankreich.

Ob er fließend Französisch spreche?, fragte die Popabteilungsleiterin überrascht.

Christian bejahte.

Das treffe sich gut, sagte sie, endlich jemand, der die zungenbrecherischen Namen dieser Chansonsänger aussprechen und den sie auf die französischen Kunden loslassen könne, ihre Mitarbeiter und sie blamierten sich jedes Mal aufs Neue.

Sie stellte Christian ihre beiden Mitarbeiter vor, denen er die Hand schüttelte. Herr Kohler, der so genannte Rockfachmann der Abteilung, ganz in Schwarz gekleidet, hatte schütteres Haar und trug ein Piercing an der Unterlippe, und Frau Moser, die so genannte Elektrofachfrau der Abteilung, war doppelt so breit wie Christian, fast einen Kopf kleiner als er und hatte ihre – bei genauerem Hinsehen schuppigen – Haare zu einem bis auf die Schultern hinunter hängenden Rossschwanz zusammengebunden. Und ihr Name sei Meier, stellte die Popabteilungsleiterin sich vor, ohne Christian die Hand zu geben, und fuhr gleich fort: Sie alle – inklusive ihm, Christian – seien Angestellte der Popabteilung, *ausschließlich* der Popabteilung. Soweit sie gehört habe, habe Herr Freier ihn diesbezüglich schon instruiert?

Christian bejahte.

Der Klassikabteilungsleiter nämlich – Frau Meier zeigte mit dem Daumen nach hinten über ihre Schulter –, erst seit ein paar Wochen in dieser Position, habe bis vor kurzem nicht so recht verstehen wollen, wie es hier laufe. Schweißgebadet sei dieser übergewichtige Hanswurst zu ihnen an den Tresen gekeucht gekommen und habe verlangt, dass einer ihrer Mitarbeiter oder sie selbst einen seiner Klassikkunden übernehme. Das müsse sich Christian einmal vorstellen: ein Popmitarbeiter, ein Popmensch einen Klassikkunden bedienen, hier in diesem Haus! Sie habe das natürlich sofort der Geschäftsleitung gemeldet, und die habe den Klassikabteilungsleiter umgehend zu sich nach oben zitiert, ihn, wie sie dann erfahren habe, strengstens verwarnt und, sollte er noch einmal etwas Derartiges tun, ihm mit einer sofortigen Entlassung gedroht. Was sie damit sagen wolle: Sollte der Klassikabteilungsleiter wieder einmal hier hereingestürmt kommen und dieselbe Nummer abziehen, sei es seine, Christians, Pflicht, sich zu weigern. Ob er verstanden habe?

Christian bejahte.

Frau Meier ließ ihre Stapel liegen, forderte Christian auf, ihr zu folgen, und ging zum Glaslift. Christian steckte sich sein Namensschild an, auf Höhe der linken Brust, wie Frau Meier es trug.

Seine Hauptaufgaben im ersten Lehrjahr seien: für genügend Verpackungsmaterial wie Plastiksäckchen, CD-Hüllen, Plastikfolien und Geschenkpapier hinter dem Tresen zu sorgen – sie zeige ihm jetzt den Keller, in dem dieses lagere – und sich genauestens einzuprägen, wo sich welches Regal befinde und in welchem Regal welcher Interpret eingereiht sei. Nicht zu vergessen und zu vernachlässigen sei außerdem die Berufsschule, die er ab Freitag einmal wöchentlich besuche. Sie wolle jede Prüfung und jeden Test einsehen.

Der Lift brachte sie in einen kurzen, schmalen Gang mit zwei Türen, die eine auf der linken, auf der *Pop-Lager*, die andere auf der rechten Seite, auf der *Klassik-Lager* stand. Christian öffnete nach der Aufforderung Frau Meiers mit seinem Schlüssel die Poptür. Frau Meier trat ins Stockfinstere, machte, ohne suchen zu müssen, das Licht an. In dem kleinen Raum, nicht größer als zwei Besenkammern, stand lediglich ein Regal mit fünf, sechs schwarz beschrifteten großen und kleinen Kisten, die Christian, so Frau Meier, mindestens einmal im Monat kontrollieren müsse, ob sie auch noch genügend Material beinhalteten. Er solle gleich eine Hand voll Plastiksäckchen und Plastikfolien mitnehmen und dann die Tür hinter sich zusperren, sagte sie und ging zum Lift zurück, der noch bereitstand. Christian nahm so schnell wie möglich aus den beiden nebeneinander stehenden Kisten Plastiksäckchen und Plastikfolien und bemerkte bei der Tür, dass er, weil er beide Hände voll hatte, nicht zu seinem Schlüssel in der Hosentasche kam. Er legte die Plastikfolien am Boden ab, kramte eilig den Schlüssel aus der Hosentasche, sperrte die Tür ab, steckte den Schlüssel wieder zurück, nahm die Folien auf und stieg zu Frau Meier in den Lift, den sie, fahrig auf einen Knopf drückend, aufhielt. Das nächste Mal, sagte Frau Meier trocken, solle er den Schlüssel im Schloss stecken lassen und nur so viel in die Hände nehmen, dass er noch zusperren könne. Erst jetzt, wo sie ihn in tiefstem Zürichdeutsch tadelte, fiel ihm auf, wie derb sie war. Am Abend musste er unbedingt Gianni anrufen und ihm von ihr erzählen, sich über sie auslassen. So schweizerisch, wie sie schien, verwendete sie, wie sein Lehrer vor kurzem noch in der Sekundarschule, sicher urschweizerische Ausdrücke und Sprichwörter, über die er sich dann mit Gianni lustig machen könnte.

Die Plastiksäckchen hatte Christian an einem langen Haken unter der Kasse aufzuhängen, die Plastikfolien neben die Verschweißmaschine, ein weißes Gerät mit einem großen Bügel, zu legen. Aus der Kiste, die er vorhin auf den Tresen gehoben hatte, nahm Frau Meier einen ganzen Stapel CDs, den sie neben die Verschweißmaschine legte. Jede dieser CDs gehöre verschweißt, sagte sie, nahm die oberste Box, steckte sie in eine Plastikfolie, positionierte diese zwischen Bügel und Schweißband, zog sie auf der linken Seite so eng wie möglich an die Box und drückte den Bügel hinunter, so dass nach zwei, drei Sekunden sich der linke Teil der Plastikfolie löste und sie die Box eng umspannte. Es roch nach verbranntem

Plastik. Jetzt sei er dran, forderte Frau Meier Christian auf und drückte ihm die nächste CD des Stapels in die Hand. Christian gelang es einigermaßen, aber die Plastikfolie saß eindeutig zu locker. Frau Meier riss sie mit ihrem Fingernagel auf – sie hatte sich, wie Christian feststellte, nur den rechten Zeigefingernagel wachsen lassen – und drückte ihm die CD erneut in die Hand. Bis es sitze, sagte sie, ohne ihn anzusehen. Christian zog nun, bevor er den Bügel endgültig niederdrückte, den linken, wegstehenden Plastikteil so stark wie möglich vom Bügel weg – und tatsächlich bestand die ganze Hexerei nur in diesem Trick. Die verschweißten CDs solle er neben der Kasse aufstapeln, sagte Frau Meier und ging auf einen Kunden, einen alten Mann mit Gehstock, zu, der soeben eingetreten und orientierungslos stehengeblieben war. Ob sie ihm behilflich sein könne, fragte sie in einem Tonfall, der viel freundlicher war als der, in dem sie bisher mit Christian gesprochen hatte, und wirkte geradezu heuchlerisch.

Er suche die Klassikabteilung, sagte der alte Mann auf Schriftdeutsch. Geradeaus bis zum roten Samtvorhang, antwortete Frau Meier, in dieselbe Richtung weisend wie vorhin mit dem Daumen. Als sie ihren Platz hinter dem Tresen wieder eingenommen hatte, brummelte sie hörbar vor sich hin: der Klassikabteilungsleiter, diese Schwuchtel.

Eineinhalb Stunden brauchte er, bis er die CDs eingeschweißt hatte, und als er es Frau Meier meldete, trug sie ihm auf, sich die Interpretennamen des Jazz-Regals von A bis H einzuprägen. Sollte ihn ein Kunde ansprechen, so solle er ihn einfach zu ihnen an den Tresen schicken.

Christian fiel auf, dass jeder Kunde, der bis jetzt den Laden betreten hatte, mit Ausnahme des alten Herrn, in den Lift gestiegen war, also wohl eine andere Abteilung angepeilt hatte.

Die Jazz-Interpreten fielen ihm nicht besonders schwer, die meisten Namen kannte er noch von früher.

Nach einer guten Stunde rief ihn Frau Meier zum Tresen. Er solle ihr vier Jazz-Interpreten mit D aufsagen, forderte sie ihn auf.

Miles Davis, Joey Defrancesco, Jack Dejohnette und Eric Dolphy.

G, prüfte Frau Meier weiter.

Jan Garbarek, Stan Getz, Dizzy Gillespie und Benny Goodman.

Frau Meier sah auf ihre Armbanduhr. Er dürfe jetzt in die Mittagspause, sagte sie. Normalerweise dauere sie eine Stunde, aber da sie vergessen habe, ihn in die Vormittagspause zu schicken und er sie auch nicht darauf aufmerksam gemacht habe, gebe sie ihm jetzt eine Stunde und fünfzehn Minuten. Die Kantine befinde sich im siebten Stock, dorthin gelange man aber nur mit dem Lift im Stiegenhaus, der sei im Gegensatz zum Glaslift, den sie hier auch Kundenlift nannten, den Lieferanten und Mitarbeitern vorbehalten und führe ihn auch zu den Garderoben im Untergeschoss.

Das Wort *Kantine*, dachte er, als er im Lift hochfuhr, hatte er schon lange nicht mehr gehört. Er hatte, als Frau Meier es aussprach, die Kantine des Schauspielhauses vor sich gehabt, in der Marie und er sich häufig etwas Süßes geholt und dem Koch, der sie bediente, nur zu sagen gebraucht hatten, er solle es auf die Monatsrechnung des Vaters setzen.

Aber das, was Frau Meier eine Kantine genannt hatte, war lediglich ein langgezogener, überschaubarer Raum, an dessen beiden Enden jeweils ein großer runder Tisch, ein Getränke- und Kaffeeautomat sowie ein Bord mit Mikrowelle und Besteckbehälter standen. An dem einen runden Tisch – wahrscheinlich war das der Poptisch – saßen eine junge Frau und ein junger Mann, beide in Christians Alter und beide aus einem Plastikgefäß essend. Christian grüßte sie im Vorbeigehen und ging zum Getränkeautomaten. Während er sich ein Mineralwasser herausließ, hörte er die junge Frau – sie musste ihrem Dialekt nach aus dem Aargau, vielleicht sogar aus Bern sein – von irgendeinem Festival erzählen, wie schlammig, aber was für ein unbeschreibliches Gefühl es gewesen sei, mitten in der Menge Pogo zu tanzen. Plötzlich rutschte sie mit ihrem Stuhl näher an den jungen Mann heran und begann, ihm etwas ins Ohr zu flüstern.

Christian stieg, ohne sich von den beiden zu verabschieden – durch das Geflüstere hatten sie gewirkt, als steckten sie unter einer Decke –, wieder in den Lift, drückte den Erdgeschoss-Knopf, neben dem klein gedruckt *Mitarbeiterausgang* stand. Dort angekommen, musste er sich erst einmal orientieren. Vor ihm lag nur der Eingang in die CD-Abteilung, und mit seiner Wasserflasche wollte er nicht an Frau Meier vorbeigehen. Gut, dachte er, dass Herr Freier ihm damals nicht gesagt hatte, er solle sich etwas zu essen mitnehmen, sonst hätte er seine Mittagspause mit diesen beiden Geheimnistuern da oben verbringen müssen. Christian ging die Stiege hinauf, von wo er dann zu einer großen, mit einem verschnörkelten Fenstergitter versehenen Tür kam. Sie ließ sich mit seinem Schlüssel öffnen und befand sich, wie er, als er nach draußen trat, feststellte, an der Längsseite des Gebäudes, in der Mitte einer gekrümmten Gasse, die vom Limmatquai in die steil ansteigende Kirchgasse führte, über die Christian in die Oberdorfstraße gelangte.

Bis auf zwei, drei Restaurants, in die er sich ganz sicher nicht allein setzen würde – Leute, die allein in Restaurants saßen, wirkten immer so bemitleidenswert auf ihn –, fand er bis zur Rämistraße nichts, wo er sich etwas zu essen hätte besorgen können. Erst als er die Theaterstraße entlangging, fiel ihm ein: Weiter vorn, an der nächsten Tramhaltestelle, gab es ein Migros-Restaurant mit Take-away. Er beschleunigte seine Schritte, sah auf die Uhr: Er hatte noch knapp fünfzig Minuten.

Im Migros-Restaurant herrschte Hochbetrieb, zehn Minuten musste er sich anstellen; vor und hinter ihm fast ausschließlich Schüler, ungefähr in seinem Alter. Was für eine Schule sich hier in der Nähe wohl befand? Vielleicht ein Gymnasium?

Er bestellte eine Portion Älplermagronen und einen Eistee, machte sich damit auf den Weg zurück zu Buck und hielt dabei Ausschau nach einem Platz zum Hinsetzen.

Er ließ sich auf den Uferstufen am Utoquai nieder, nur zwei, drei Meter von der Limmat entfernt.

Er erinnerte sich, wie Gianni und er sich geschworen hatten, nicht zur Gymnasiums-Aufnahmeprüfung anzutreten. Das machten nur Schweizer, hatte Gianni gesagt.

Der Nachmittag bei Buck fing mit einem neuerlichen Stapel von CDs an, die Christian zu verschweißen hatte. Es seien jene CDs, sagte ihm Frau Meier, die seit Jahren im Pop-Rock-Regal gestanden hätten und deren Plastikumschläge mittlerweile so abgenutzt aussähen, dass man sich nicht wundern dürfe, warum sie niemand gekauft habe. Herr Freier habe sich einen Dreck darum geschert, und sie könne seine Schlampereien jetzt ausbaden. Sie gehe ab nun jeden Tag ein Regal durch, Christian könne sich also bis Anfang nächster Woche auf mindestens einen Stapel am Tag gefasst machen.

Wie erwartet, schickte sie ihn, nachdem er die CDs verschweißt hatte, zum Jazz-Regal, damit er sich die Jazz-Interpretennamen von I bis Z einprägte. Währenddessen stieg Frau Meier in den Lift und fuhr hinauf. Nach einer Weile kam Herr Kohler auf Christian zu, forderte ihn, Frau Meier eindeutig nachäffend, auf, ihm vier Jazz-Interpretennamen mit D aufzusagen und klopfte ihm dann freundschaftlich auf die Schulter. Dabei sah er immer wieder hinauf, ob der Glaslift herunterkam.

Christian lächelte anstandshalber zurück. Vielleicht, dachte er, war es ein von Frau Meier eingefädelter Loyalitätstest.

Da habe sich die gute Frau Meier wieder etwas einfallen lassen, spottete Herr Kohler. Er habe seine Lehre auch hier gemacht, allerdings noch unter Herrn Freier. Nie, kein einziges Mal habe er sich vor ein Regal stellen, Interpretennamen auswendig lernen und sich daraufhin abfragen lassen müssen. Übrigens könne Christian ihn, wenn Frau Meier nicht hier sei, Martin nennen.

Nur zwei, drei Meter von ihnen entfernt, hinter einer Säule, schlich Frau Moser vorbei. Martin rief sie bei ihrem Vornamen – sie hieß Lisa – zu sich.

Ob Frau Meier nicht hier sei?, fragte sie schüchtern, den verschweißten CD-Stapel in den Händen.

Sie solle sich locker machen, beruhigte sie Martin und lachte, Frau Meier sei in ihr Büro hinaufgefahren, um den Arbeitsplan zu holen. Er habe von hier aus ein Auge auf den Glaslift.

Diese elende Schreckschraube, empörte sich Lisa, habe sie, als sie mit einer Coca-Cola-Flasche aus der Vormittagspause zurückgekommen sei, gefragt, ob sie sich nicht einmal etwas Zuckerloses, zum Beispiel ein Mineralwasser, zu trinken kaufen wolle? Schaden würde es ihr und ihrem Auftreten nicht. Ob sie sich das vorstellen könnten? Sie hätte sie am liebsten erwürgt, diese Vogelscheuche.

Abrupt wandte sich Martin von ihnen ab und ging in Richtung Tresen. Lisa zuckte zusammen und verschwand beim Regal hinter der Säule. Christian sah Frau Meier mit einem Blatt Papier in der Hand aus dem Lift kommen. Sie steuerte auf ihn zu. Sein freier Tag sei diese Woche der Samstag, sagte sie. Das sei ein Privileg, das eigentlich nur den Vorgesetzten – der ihre sei ebenfalls der Samstag – zustehe. Er solle gleich mitkommen zum Tresen, sie wolle ein paar Interpretennamen hören.

Nachdem Christian diesen Test genauso mühelos bestanden hatte wie den am Morgen, schickte Frau Meier ihn in die Nachmittagspause. Fünfzehn Minuten.

Christian holte sich in der Bäckerei in der Oberdorfstraße ein Carac-Törtchen und ein Rivella und setzte sich, nicht weit vom Laden, auf eine Bank gegenüber dem Zwingli-Denkmal. Auf der anderen Seite der Limmat, auf dem Stadthausquai, sah er drei, vier hupend hintereinander fahrende Autos, jedes mit einer Kosovo-Flagge, die aus den Beifahrerfenstern gehalten wurden. Hinter sich hörte er eine Männerstimme – eine junge – sagen, was jetzt schon wieder los sei, immer seien es dieselben, immer seien es ihre so genannten ausländischen Mitbürger, die einen Wirbel machten und Unruhe stifteten; was sie mit diesem Gehupe und diesem Fahnengeschwenke denn demonstrieren wollten? Etwa, dass es ihnen hier nicht gefalle? Niemand habe sie gebeten, hier zu bleiben, sollten sie ihre dreckigen Fahnen doch bei sich zu Hause im Kosovo schwenken. Dann hörte Christian ihn ausspucken.

Diese schwarzen Schafe, pflichtete eine deutlich ältere männliche Stimme bei, sollten sie doch zurück, von wo sie herkämen. Christian hörte beide auflachen. Als er sich umdrehte, war niemand zu sehen. Er stand auf, ging zurück zu Buck.

Lisa stand, die Hände ineinander gelegt, vor dem Eingang. Sie wartete wohl auf Kundschaft. Frau Meier war hinter dem Tresen mit einem Dokumentenstapel beschäftigt; es musste sich um Rechnungen handeln. Mit einem roten Filzstift kreiste sie Zahlen ein. Kein Stapel auf dem Tresen. Christian wusste nicht, was er tun sollte, und neben Frau Meier herumzustehen, war ihm unangenehm. Martin ging langsam auf und ab und strich dabei mit der Hand über ein Regal. Dieses Sommerloch, stöhnte Lisa zum Tresen hinüber.

Das heiße nicht, dass es nichts zu tun gebe, entgegnete ihr Frau Meier. Sie hielt ihr einige Rechnungen hin, sie solle ihr davon Kopien anfertigen. Lisa nahm, sichtlich erregt, die Rechnungen und stieg in den Glaslift.

Christian ging nach hinten, in den Bereich, in dem er noch nie gewesen war. Wenn Frau Meier ihn fragte, was er tue, würde er ihr einfach sagen, er präge sich die dortigen Regale ein. Das war immer noch besser, als untätig und verlegen neben ihr herumzustehen. Nicht weit vom Schlager-Regal befand sich der rote Samtvorhang, der Eingang zur Klassikabteilung. In diese Richtung hatte Frau Meier mit ihrem Daumen gezeigt, als sie über den Klassikabteilungsleiter geschimpft hatte. Während Christian sich vom Schlager-Regal, von dem er sich sicherheitshalber zwei, drei Interpretennamen gemerkt hatte, weiter zum Oldies-Regal vorarbeitete, kam ein Kunde, ein Mann ungefähr im Alter des Vaters im Anzug und mit Krawatte, aus der Klassikabteilung und ließ den Vorhang hinter sich offen. Christian machte zwei, drei Schritte nach rechts, vergewisserte sich, dass Frau Meier und die beiden anderen ihn nicht sahen, und warf einen Blick nach drüben. Die Beleuchtung war gedämpfter als in der Popabteilung. Dieses Licht, zusammen mit dem roten Samtvorhang, erweckte in Christian eine Erinnerung, aber er wusste nicht, woran. Plötzlich stand ein dicker Mann mit Glatze hinter dem Vorhang. Christian wandte seinen Blick sofort ab. Der Mann – war es der Klassikabteilungsleiter? – zog den Vorhang mit einem lauten Ruck und strenger Miene zu.

Er ging schnell zurück zum Tresen. Frau Meier war immer noch mit ihrem Papierkram beschäftigt.

Ob er ihr behilflich sein könne, fragte er. Jetzt hörte er sich schon genau so heuchlerisch an wie sie, dachte er.

Frau Meier strahlte ihn an. Das sei ausgesprochen nett von ihm, sagte sie, wobei ein spitzer Seitenzahn unter ihrer Oberlippe zum Vorschein kam. Diese Frage hätten ihr Frau Moser und Herr Kohler schon lange nicht mehr gestellt.

Christian war froh, dass Martin und Lisa außer Hörweite waren.

Frau Meier sah auf die Uhr. Da so wenig los sei, dürfe er nach Hause gehen. Sie erwarte ihn am nächsten Tag in alter Frische um viertel vor neun.

Christian nahm sein Namensschild ab, legte es in die Schublade, aus der Frau Meier es am Morgen genommen hatte. Dann verabschiedete er sich, wünschte einen schönen Abend, und klang dabei schon wieder so heuchlerisch.

Direkt vor Buck stieg er in das Vierer-Tram, fuhr bis zum Hauptbahnhof. Seine Beine, vor allem seine Waden, schmerzten, fühlten sich schwer und wie versteinert an. In der Schnellbahn fielen ihm vor Müdigkeit die Augen zu, lediglich die Durchsagen des Lokführers mit seinem undefinierbaren Dialekt hielten ihn vom Einschlafen ab.

*Zweites Kapitel*

Nachdem er im Keller gewesen war, um Nachschub an Plastikfolien zu besorgen – die Plastiksäckchen hingen fast alle noch unter der Kasse –, schickte ihn Frau Meier zum Elektro-Regal. Von den Namen, die er sich dort einzuprägen hatte, kannte er nur Daft Punk und Gigi D'Agostino.

Er erinnerte sich: In der Zeit, in der er mit Marie angefangen hatte, Musikvideos auf Viva und MTV anzusehen – da mussten sie etwa elf gewesen sein –, wurden die French-House-Band und das Aushängeschild der Italo-Dance-Szene auf und ab gespielt. Im Klassenlager in der sechsten Klasse – das hatte er im Gegensatz zum späteren miterlebt – hatten die Mädchen beim Abschlussabend zu Gigi D'Agostinos *L'Amour toujours* getanzt. Seine Freunde und er hatten sie dabei gehänselt und geärgert, indem sie, die Mädchen nachäffend, mittanzten. Seltsam, dachte Christian, dass es ihm, anders als kürzlich mit den Zwillingen und Gianni, in der Parodie keine Schwierigkeiten bereitet hatte, sich zu bewegen.

Den Interpretennamen-Test meisterte er genauso glanzvoll wie den am Vortag, und wieder sah Frau Meier auf ihre Armbanduhr und schickte ihn, ohne ihn anzusehen, in die Pause, die er wieder auf der Bank gegenüber dem Zwingli-Denkmal mit einem Carac und einem Rivella aus der kleinen Bäckerei in der Oberdorfstraße verbrachte.

Als er aus der Pause zurückkam, hatte Frau Meier wieder einen Stapel von CDs herausgesucht, die er zu verschweißen hatte. Die zweite Hälfte komme nach der Mittagspause, sagte sie.

Die Beine taten ihm, als er zu Mittag bei Migros an der Theaterstraße ankam, dermaßen weh, dass er sich entschied, oben im Restaurant zu essen. Er ging mit seinem Tablett die Stiege hinauf, und gerade, als er sich an einen Tisch setzen wollte, sah er, ganz hinten, allein in der Ecke, den dicken Mann mit Glatze, der am Vortag den roten Samtvorhang der Klassikabteilung zugezogen hatte. Christian drehte sich sofort um. Er überlegte, ob er sein Essen nicht einfach abstellen und gehen sollte. Wenn dieser Klassikmensch ihn erkannte, sich zu ihm setzte und Frau Meier plötzlich hinter ihm stünde... Weil er aber so großen Hunger hatte und die Beine ihn jeden Moment im Stich zu lassen drohten, setzte er sich dann doch, allerdings an einen Tisch am anderen Ende des Restaurants, dem Klassikmann den Rücken zugekehrt und von den anderen Gästen mehr oder weniger gedeckt. Er verschlang seine Lasagne so schnell wie möglich, wobei er ständig damit rechnete, ein Tippen auf der Schulter zu spüren – und war nach knappen fünf Minuten wieder weg. Er nahm sich vor, das Restaurant künftig zu meiden. Als er die Theaterstraße in Richtung Limmatquai entlangging, schmerzten die Beine nicht mehr, sein Herz aber pochte wie wild.

Wie Martin ihm am Nachmittag, als Frau Meier kurz in ihr Büro verschwand, erzählte, lege sie ihre Pausen immer dann ein, wenn er, Christian, in der Pause war, nur verkürzt. So mache sie fünf Minuten Vor- und Nachmittagspause und eine halbe Stunde Mittagspause. Wahrscheinlich, meinte Martin, wolle sie verhindern, dass er, Christian, mit Lisa und ihm zum Tratschen komme.

Christian hütete sich weiter davor, in den Lästerchor von Martin und Lisa mit einzustimmen. Aber es kostete ihn in den darauffolgenden Tagen mehr und mehr Überwindung, denn auch ihm gegenüber hielt sich Frau Meier mit giftigen Kommentaren nicht zurück. Was so schwierig daran sei, sagte sie eines Abends kurz vor halb sieben, für genügend Plastikfolien neben der Verschweißmaschine zu sorgen? Und als er einmal, während er eine CD nach der anderen verschweißte, nicht bemerkte, dass ein Kunde vor dem Tresen wartete und bezahlen wollte, kam sie plötzlich vom Filmmusik-Regal, in dem sie eine CD gesucht hatte, angerannt und fauchte, nachdem sie kassiert und sich von dem Kunden in heuchlerischem Ton verabschiedet hatte, Christian solle die Augen aufmachen, wenn er hinter dem Tresen stehe, er stehe schließlich nicht irgendwo. Und als sie ihn über die Interpretennamen prüfte, die sich im Schweizer-Volksmusik-Regal unter G befanden und er ihr statt vier nur drei nennen konnte, was ihm nichts ausmachte, zog sie die Augenbrauen hoch und sagte, er müsse sich konzentrieren, wenn er vor sich hin träumen wolle, könne er das anderswo machen.

Das alles stand in scharfem Kontrast zu jenem Abend, als sie ihn auf seine Frage, ob er ihr behilflich sein könne, angestrahlt hatte. Diese Reaktion war auch der Grund dafür, dass er sich bisher mit dem Ablästern zu Hause, wenn die Eltern – meist war es die Mutter – ihn fragten, wie sein Tag gewesen sei, zurückhielt. Vielleicht, hatte er sich bis dahin gedacht, mochte Frau Meier ihn ja. Aber nachdem sie ihn, als er kurz vor halb sieben mit dem Verschweißen fertig geworden war, zurechtwies, er solle sich mehr ins Zeug legen, es könne nicht sein, dass er den ganzen Tag dafür brauche, platzte zu Hause am Esstisch – er aß an diesem Abend allein mit der Mutter – seine ganze Wut heraus: Er gab Frau Meiers grobes Geraune über den Klassikabteilungsleiter wieder, ihr heuchlerisches Getue gegenüber dem Klassikkunden, ihre giftigen Kommentare. Er steigerte sich in eine Hasstirade und benutzte Schimpfwörter, die er in letzter Zeit nur mehr selten verwendet hatte. Dabei bemerkte er, dass keines Frau Meier wirklich traf, an ihrer Schwachstelle, dafür kannte er sie nicht gut genug. Vielleicht würde sich das bald ändern. Menschen, die man gut genug kannte, konnte man mit einem einzigen, harmlosen Wort, einem einzigen, harmlosen Satz nachhaltig zerstören.

Sie könne sich nicht vorstellen, wie stumpfsinnig die Arbeit bei Buck sei, sagte er schließlich zur Mutter.

Sie stieß einen Seufzer aus. Er habe sich, sagte sie, nun einmal für eine Lehre und gegen das Gymnasium entschieden, und sie erwarte von ihm, dass er diese Lehre abschließe. Und genauso erwarte sie von Marie, dass sie das Gymnasium abschließe. Sie habe die Aufnahmeprüfung bestanden. Heute sei der Brief von der Kantonsschule Enge eingetroffen. Christian schwieg.

Ob er denn nicht wenigstens mit den beiden Mitarbeitern auskomme?, fuhr die Mutter fort.

Die seien doch beide Schweizer, mit ihrem unerträglichen Schweizerdeutsch klängen sie genauso schlimm wie diese graue Hexe – und wahrscheinlich genauso schlimm wie Marie in ein, zwei Jahren, wenn die Schweizer im

Gymnasium mit ihr Gehirnwäsche betrieben hätten, antwortete Christian und wich dabei dem Blick der Mutter aus.

Er solle nicht so tun, als komme er mit Schweizern nicht zurecht, sagte die Mutter streng, er sei hier aufgewachsen, und bis vor kurzem sei er mit allen wunderbar ausgekommen.

Christian stieß beim Aufstehen den Stuhl mit den Kniekehlen nach hinten, hörte die Stuhllehne auf den Boden knallen, eilte in sein Zimmer hinauf und schmetterte die Tür hinter sich zu.

*Drittes Kapitel*

Als Christian den Klassenraum zwei, drei Minuten vor halb acht betrat, ärgerte er sich, nicht früher gekommen zu sein: Es war nur noch eine Einzelbank frei. Dahinter saßen, an drei aneinander gereihten Einzelbänken, drei Jungs und davor, an zwei Doppelbänken, vier Mädchen. Er hatte das Gefühl, als kannten sich schon einige hier. Die Mädchen schienen in ein vertrautes Gespräch vertieft, und auch die drei Jungs hinter sich hörte er reden, allerdings so leise, dass er nichts verstand.

Der Lehrer, der an einem Tisch links von der Tafel saß, stand auf, um die Tür zu schließen, hieß, da die Klasse jetzt vollständig sei, alle herzlich willkommen und forderte, nachdem er ein paar Sätze zu seiner Person gesagt hatte, die Schüler auf, sich ebenfalls kurz vorzustellen. Es fing bei den Jungs in der letzten Reihe an.

Er heiße Luca, arbeite in einem Möbelgeschäft und komme aus Italien, aus Potenza, sagte der eine. Mit dem Dreitagebart und seinen Einmeterneunzig wirkte er um mindestens zwei, drei Jahre älter als Christian.

Er heiße Carlos, arbeite in einem Multimediaelektronikgeschäft, komme aus Spanien, aus Barcelona, sagte der etwas Kleinere und Feinere neben dem Italiener. Nicht zuletzt durch sein dichtes Brusthaar, das aus dem hellrosa, selbstbewusst bis auf Höhe der Brustwarzen aufgeknöpften Hemd quoll, schien er ebenfalls um zwei, drei Jahre älter als Christian.

Er heiße Besim, arbeite in einem Autoersatzteilgeschäft, komme aus dem Kosovo, aus Pristina, sagte der dritte. Er wirkte ungefähr gleich alt wie Christian, war aber von kräftiger Statur, trug einen flaumigen Oberlippenbart und einen engen Pullover, in dem die aufgepumpten Schulter-, die Arm- und vor allem die Brustmuskeln besonders deutlich zur Geltung kamen.

Er heiße Christian, er sprach seinen Namen französisch aus, arbeite in einem Musikgeschäft, komme aus Frankreich, aus Tours. Dabei merkte er, wie er rot, feuerrot, wurde und setzte sich wieder. Zumindest, dachte er, wüssten die Jungs jetzt, dass auch er Ausländer war und zu ihnen gehörte.

Die Stunde war schnell um. Der Lehrer hielt, nachdem auch die Mädchen sich vorgestellt hatten – allesamt Schweizerinnen und, bis auf eine Sankt-Gallerin, sogar Zürcherinnen –, einen Monolog über die Unterrichtsfächer, das Benotungssystem, die Hausordnung, verteilte die Absenzenhefter, die innerhalb von drei Wochen nach einem Fernbleiben vom Unterricht vom jeweiligen Vorgesetzten unterschrieben und mit dem Firmenstempel versehen ihm, dem Klassenlehrer, vorzuweisen seien.

In der Pause setzten sich die Mädchen um die beiden Doppelbänke. Eine trank ihren Kakao aus einem Tetra-Pak und drückte ihrer Nachbarin ihr Handy in die Hand, sagte ihr, sie solle ihre Nummer einspeichern. Eine andere kaute an einem Sandwich, das sie aus einer Aluminiumfolie gewickelt hatte.

Die drei Jungs gingen hinaus in den Gang. Christian folgte ihnen.

Er fange mit dem ersten Lohn gleich für einen *Subaru Impreza* zu sparen an, hörte Christian Carlos sagen, als er sich zu ihnen stellte. Sie lehnten alle an den großen Fenstern mit Blick auf das Dach der Parkgarage.

Einen solchen Wagen kaufe sich auch nur ein Spanier, mokierte sich Besim.

Er spare bestimmt schon auf seinen BMW, gab Carlos zurück.

Auf was denn sonst, antwortete Besim, auf das Spiel eingehend.

Welcher Kosovo-Albaner fahre heutzutage denn schon *keinen* BMW?, feixte Luca. Hier in der Schweiz sei ein BMW zum reinsten Kosovo-Albaner-Auto geworden. Er als Italiener würde sich nie und nimmer einen BMW kaufen. Den letzten Satz hatte er unerwartet ernst und bedächtig gesagt, den Kopf gesenkt und mehr zu sich selbst als zur Runde.

Besim grinste. Er, Luca, kaufe sich bestimmt einen Fiat, einen Fiat Punto, der für alles und jeden zu klein sei.

Luca lachte laut auf. Er spare momentan auf gar kein Auto, entgegnete er und steckte seine Hände in die Taschen seiner Jeans, die, wie Christian jetzt sah, eng an den muskulösen Oberschenkeln anlagen – Oberschenkel, wie er sie nur von den Fußballern im Fernsehen kannte. Außerdem, fuhr Luca fort, habe sein Trainer ihm verboten, den Führerschein zu machen und sich ein Auto zu kaufen.

Welcher Trainer?, fragte Carlos. Es war offensichtlich, dass Luca auf diese Frage gewartet hatte.

Sein Fußballtrainer, antwortete Luca. Er spiele beim Grasshoppersclub, sei Stürmer in der U20-Mannschaft. Sein Trainer habe ihm gesagt, er habe Angst, ihn hinter dem Steuer zu wissen, weil er, der Trainer, sicher sei, dass er, Luca, genauso Auto fahre wie er Fußball spiele: schnell, risikofreudig und aggressiv. Der Trainer setze große Hoffnungen in ihn.

Er spiele beim FC Altstetten als Verteidiger, sagte Carlos.

Er beim FC Dietikon als Mittelstürmer, fügte Besim hinzu.

Dann sahen sie Christian an.

Er habe einmal beim FC Wollishofen gespielt, sagte Christian, habe aber dann wegen einer Verletzung aufhören müssen.

Wegen welcher Verletzung?, wollte Luca wissen.

Hüftschnupfen, antwortete Christian.

Hüftschnupfen?, fragte Luca in gespieltem Ernst. Klar, er wisse schon, was das sei, und er zog aus seiner Hosentasche ein Papiertaschentuch, drückte es mit einer raschen Bewegung an Christians rechte Hüfte und schrie: Alle Mann in Deckung! Die Hüfte müsse gleich niesen! Dann machte er einen Schritt zurück und bückte sich, als ginge er in Deckung.

Besim und Carlos kicherten und sahen Christian an. Als Luca Christian freundschaftlich auf die Schulter schlug und ihn – wieder mit diesem gespielten Ernst – fragte, ob er ihn auch nicht verletzt habe, platzte aus beiden ein Lacher heraus. Christian schmunzelte mit, als könne er über sich selber lachen. Auf keinen Fall wollte er durch Ernst oder Schwere auffallen.

Während der nächsten Unterrichtsstunde – Betriebskunde – sagte er sich, das sei eben der ausländische, nichtschweizerische Humor, die ausländische, nichtschweizerische Art. Warum war er nur in einem so unbeweglichen Ernst gefangen? Warum war es ihm unmöglich, an dieser Art von Humor teilzunehmen, mitzuspielen oder sich zumindest während der Pausen darauf einzulassen? Er erinnerte sich, die Mutter schon öfter bei Witzen, in denen ähnlich laut geschrien wurde, wie Luca es gerade getan hatte, auflachen gehört zu haben. Wenn sie mit ihren französischen Freunden aus dem Lesekreis zusammensaß, da ging es meist noch lauter zu als bei den Jungs hier. Letztes Mal, vor ein paar Monaten, hatte er sie bis hinauf in sein Zimmer gehört. Die Vorstellung, die Mutter und ihre Freunde aus dem Lesekreis könnten sich mit den Jungs verstehen, beklemmte ihn. Er bemerkte, dass er mit übergeschlagenen Beinen dasaß, nahm so unauffällig wie möglich sein rechtes Bein vom linken. Er musste es auf jeden Fall vermeiden, herausfordernd, wenn nicht sogar besserwisserisch auf die Jungs zu wirken, dachte er.

In der nächsten Pause gingen Carlos und Luca hinunter zur Kantine. Besim schlurfte im Gang auf und ab und telefonierte auf Albanisch. Er klang erregt und wütend. Vielleicht, dachte Christian, lag es aber auch nur an der Sprache.

Christian konnte dem, was der Lehrer ihnen in der nächsten Stunde über die Buchhaltung zu erklären versuchte, überhaupt nicht folgen. Wie Luca sich benommen hatte, wollte ihm nicht aus dem Kopf. Noch nie war er auf einen Menschen mit einer derartigen Angriffslust gestoßen, noch nie hatte er sich einem Menschen gegenüber dermaßen blockiert und reduziert gefühlt. Er hatte das Gefühl, als sei da etwas zwischen Luca und ihm, etwas Gewichtiges, etwas Ernstes. Aber was? Er versuchte sich vorzustellen, wie es wäre, wenn Gianni mit ihm in diese Klasse ginge. Würde sich Gianni mit Luca genauso gut verstehen wie mit den Zwillingen?

Während der zweistündigen Mittagspause – sie dauerte von elf bis eins – fuhr Christian nach Hause. Er hatte, als die Schulglocke läutete, Luca die beiden anderen fragen gehört, ob sie mitkämen ins *Shopville*, dort gebe es den besten Kebab. Aus Angst, Luca frage ihn auch, hatte er sich auf die Toilette geflüchtet, wo er abwartete, bis er die drei die Stiege hinuntergehen hörte. Er nahm dann auch nicht das Tram, sondern ging über den Hinterausgang, der über einen Nebenhof auf die Straße führte, zu Fuß bis zum Hauptbahnhof. Als das Tram an ihm vorbeifuhr, in dem er die drei vermutete, nahm er sein Handy heraus und tat so, als telefoniere er.

Zu Hause hatte er eine knappe halbe Stunde Zeit, um etwas zu essen. Was würde er alles dafür geben, den Nachmittag bei Buck verbringen zu dürfen. Der Geschäftsalltag war das reinste Paradies gegen diese Schule. Wie sollte er es nur drei Jahre lang einmal, ab nächstem Semester sogar zwei Mal die Woche, dort aushalten?

Die drei Stunden – zwei davon Handelsrecht, eine Rechnungswesen – vergingen glücklicherweise schnell, außerdem ließ der Lehrer, ein jüngerer als der am Vormittag, die letzte Pause ausfallen, so dass zehn Minuten, bevor die Schulglocke läutete, Schluss war. In der ersten Pause hatte sich Christian wieder zu den dreien in den Gang gestellt, hatte ihnen zugehört, wie sie sich gegenseitig aufzogen, hatte ihr Gerede über Autos, Fußball und

Frauen über sich ergehen lassen, wobei Luca jene Spielerfrauen aufzählte, mit denen er, wie er sagte, alles Mögliche anstellen würde; dabei hatte er seine rechte Hand zu einer Faust geballt und sie in die offene Handfläche seiner Linken geklatscht. In der nächsten Pause blieb Christian in der Klasse sitzen und tippte auf seinem Handy herum. Es war ihm peinlich, einfach so dabeizustehen, zuzuhören und nichts zu sagen. Was die drei wohl von ihm dachten? Im Gang, vor der Tür, standen Carlos und Besim; sie starrten beide vor sich hin, schwiegen sich an, als wären sie Brüder. Im Augenwinkel sah er Luca an seinem Platz sitzen, den Kopf auf einer Gratis-Zeitung. Er hörte ihn tief ein- und ausatmen, als schliefe er.

Jedes Mal, wenn der Lehrer die Tür schloss, um die Stunde zu beginnen, fühlte Christian sich für die folgenden fünfundvierzig Minuten freigesprochen, erlöst. Dass ihn nichts, was der Lehrer da vorn laberte, interessierte, störte ihn nicht, es gehörte vielmehr zur Annehmlichkeit dieser fünfundvierzig Minuten.

Nachdem der Lehrer der Klasse ein schönes Wochenende gewünscht hatte, hörte er Carlos zu den beiden anderen sagen, er gehe jetzt in den Fußballladen zum Schaffhauserplatz, nur eine Tramstation von hier entfernt, ob sie nicht mitkommen wollten?

Christian kannte den Laden: Als Kind war er einmal dort gewesen, mit dem Vater, hatte seine ersten Fußballschuhe bekommen. Wie anders sich der Ball mit diesen Schuhen angefühlt hatte. Nachmittage lang hatte er auf der Fußballwiese, nur zwei, drei Gehminuten von zu Hause, verbracht, damals noch mit seinen Freunden aus der Primarschule und mehr oder weniger Gleichaltrigen aus der Schule des Nachbarorts, die er mittlerweile allesamt aus den Augen verloren hatte. So gut wie jeder von ihnen war Ausländer gewesen: Amir Iraner, Ivan Kroate, Boris Mazedonier, Erhan Türke. Die Namen der anderen hatte er vergessen. Vielleicht sollte er wieder einmal zur Wiese hinaufschauen. Aber was, wenn sie alle so geworden waren wie diese drei da?

Er war erleichtert, als Luca, Carlos und Besim, noch während er seine Schulsachen zusammenpackte, den Klassenraum verließen. Er ließ sich Zeit, ging die Stiegen nur langsam hinunter und dann wieder über den Hintereingang im Nebenhof hinaus. Als er die Straße zum Bahnhof hinunterschlenderte, läutete sein Handy. Es war Gianni.

Ob Christian am Abend wieder mit zur Ausländerfete komme? Die Zwillinge kannten den neuen Türsteher, einen Freund ihres Vaters, sie könnten ihnen gratis Eintritt verschaffen.

Er sei geschafft von seinem ersten Schultag, antwortete Christian, seit langem habe er nicht mehr so früh aufstehen müssen.

Gianni verstand, sagte mitfühlend, er habe seinen ersten Schultag schon hinter sich. Es sei schrecklich gewesen: Er sei mit knapp zwanzig Schweizern in der Klasse und der einzige Ausländer, und diese Schweizer – allesamt Jungs, kein einziges Mädchen – sprächen noch schweizerischer, noch bäuerlicher als jeder ihrer ehemaligen Mitschüler. Das liege wohl daran, dass die meisten von ihnen vom Land, aus irgendwelchen Kaffs in der Nähe von Zürich kämen, deren Namen er, Gianni, nicht einmal aussprechen könne. Er habe öfter an ihn, Christian, denken müssen, habe ihn sich mitten unter diesen Bauern vorgestellt und sich gefragt, ob auch er in so einer Klasse gelandet sei.

Er habe es gut erwischt, sagte Christian, die drei Jungs in seiner Klasse seien Ausländer, ein Spanier, ein Albaner und ein Italiener. Das sei etwas ganz anderes als bei ihm, Gianni. Christian wunderte sich, mit was für einer Genugtuung er das hinbrachte, und dabei fiel ihm auf, dass ihn die Mädchen in der Klasse nicht im Geringsten interessierten. Wahrscheinlich, weil sie Schweizerinnen waren und dasselbe unerträgliche Schweizerdeutsch sprachen wie seine früheren Mitschüler, wie Frau Meier, wie Lisa, wie Martin.

Gianni beneidete ihn, sagte, er solle seine Mitschüler – oder wenigstens den Italiener – einmal mitnehmen zur Ausländerparty, nächste Woche vielleicht.

Christian war froh, abgesagt zu haben. Jetzt, nach dem Tag mit diesen dreien auch noch die Zwillinge – das wäre zu viel. Aber was sollte er mit dem Abend anfangen? Vielleicht würde Marie zu Hause bleiben, nachdem sie die letzten Tage und Nächte auswärts verbracht hatte. Länger als drei, höchstens vier Abende hintereinander war sie noch nie weg gewesen. Sie könnten sich gemeinsam einen Film ansehen. Ihm fiel ein, dass an diesem Abend auch das Abschlussfest im Wald war, zu dem Florian ihn eingeladen hatte.

Als er in sein Zimmer hinaufging, kam Marie aus ihrem, im Duschmantel und mit einem Handtuch, das sie wie einen Turban um ihren Kopf gewickelt hatte. Christian solle raten, mit wem sie soeben telefoniert habe. Sie wartete Christians Antwort gar nicht erst ab: mit

Philippe, *dem* Philippe aus Vermeille! Sie solle ihm liebe Grüße bestellen, er komme demnächst hierher; sein bester Freund und er hätten ihr *Bac* bestanden und wollten den ganzen Sommer in Europa herumreisen. Sie habe ihnen angeboten, für ein, zwei Nächte hier zu schlafen. Sie werde eine Stadtführung mit ihnen machen und auf das Großmünster hinaufsteigen, und er, Christian, müsse unbedingt mitkommen, er könnte ihnen dann auch gleich sein Lehrgeschäft zeigen; sie, Marie, sei ja auch noch nie dort gewesen.

Ihr Handy läutete. Das werde Philippe sein, sie seien vorhin unterbrochen worden. Sie verschwand wieder in ihrem Zimmer.

Christian ging in seines, schloss die Tür. Er schleuderte seine Schultasche in die Ecke, setzte sich an den Schreibtisch, sah zum Fenster hinaus.

Er öffnete die unterste Schublade, griff unter den Papierstapel, kramte das Klassikbuch hervor, das ihm der Vater vor seiner Abreise nach Frankreich geschenkt hatte. Nach einer Weile schlug er es auf. Das Inhaltsverzeichnis war in Epochen gegliedert: Renaissance, Barock, Wiener Klassik, Romantik, Moderne. Christian schlug das Kapitel „Französische Barockmusik" auf und stieß auf Jean-Baptiste Lully. *Wahlfranzose* stand da – dieses Wort traf Christian wie eine Ohrfeige. Als könne man wählen, ob man Franzose war oder nicht. In Italien, in Florenz, geboren, als Hofkomponist Ludwigs des Vierzehnten bedeutender Vertreter der spezifisch französischen Oper, des von Ludwig geforderten, sich von allem anderen unterscheidenden französischen Stils und gemeinsam mit Molière Erfinder des *comédie-ballet*.

Christian erinnerte sich an den Film über Molière, den er einmal an einem grauen, verregneten Nachmittag mit der Mutter und Marie gesehen hatte: die Schlussszene, wie Molière blutspuckend von der Bühne getragen wird, endlos lange Stiegen hinauf. Auf zwei, drei Seiten folgten Lullys bekannteste Bühnenwerke. Christian blätterte bis zum nächsten Namen vor: Jean-Philippe Rameau, Franzose, wie da stand, geboren in Dijon, von den Anhängern Lullys, den *Lullystes*, gehasst, verachtet, von seinen Anhängern, seinem Lager, den *Ramistes*, hochgehalten, verehrt, geliebt. Ob Lully sich im Vergleich zu Rameau unfranzösisch anhörte? Ob Lully angestrengt-französisch klang?

Christian ging ins Zimmer der Mutter. Sie war, wie jeden Freitagabend, in ihrer Wohnung im Stadtzentrum, mit ihrem neuen Freund. Vielleicht hatte sie eine CD mit Werken von Lully oder Rameau. Und tatsächlich: Ganz unten im Regal fand sich Rameaus *Hippolyte et Aricie*, eine, wie im Beiheft stand, *tragédie lyrique*. Zur Sicherheit sah er das Regal noch einmal durch: Von Lully besaß die Mutter keine einzige Aufnahme.

Er ging zurück in sein Zimmer, legte die CD in die Stereoanlage ein, setzte sich mit dem Beiheft an den Schreibtisch. Das Libretto war auf Französisch und Deutsch abgedruckt. Er nahm sich vor, ausschließlich auf Französisch mitzulesen.

Was er da hörte, war ein Frankreich aus einer längst vergangenen Zeit, das weder einen Philippe, noch einen Türsteher wie jenen aus Vermeille hervorgebracht hätte, dachte er. Ob die Großmutter am Ende noch Recht gehabt hatte damit, dass Frankreich nicht mehr das war, was es einmal gewesen war? Ob sie Recht gehabt hatte damit, dass im Vergleich zu früher die ganze Welt grob geworden war? Mit jedem Takt, den die Ouvertüre voranpreschte, wuchs bei Christian die Gewissheit, dass die Großmutter Unrecht hatte. Nein, die Welt war nicht grob geworden, sie war es immer schon gewesen, auch zur Zeit Rameaus, der sich mit dieser Musik doch nur gegen die damals schon herrschende Grobheit aufgelehnt haben konnte. Und so wenig Christian über diese Musik wusste, so deutlich hörte er aus ihr heraus, dass die Großmutter auch Unrecht gehabt hatte damit, dass sie alle, also auch er, der allgemeinen Grobheit ausgeliefert waren. Denn hier und jetzt, in seinem Zimmer sitzend und diese Musik hörend, war er der allgemeinen Grobheit nicht ausgeliefert. Er dachte an Luca, Carlos und Besim. Sollten sie in den Pausen doch weiter über ihre Autos, über ihre Fußballspieler und Spielerfrauen labern und in ihrer Runde ihre Witze reißen. Er würde nicht daran teilnehmen. Er würde nicht mitspielen. Er würde sich nicht darauf einlassen. Er gehörte nicht zu ihnen.

*Viertes Kapitel*

Zum ersten Mal seit langem weckte ihn die Morgensonne, die sein Zimmer in warmes Gelb tauchte. Es war halb sieben. Er stand auf, setzte sich an den Schreibtisch. Die letzte Seite des Librettos lag noch aufgeschlagen vor ihm. Er machte es zu, legte es beiseite, klappte das Klassikbuch des Vaters auf, nahm aus der obersten Schublade ein Blatt Papier. Wie schon in der Nacht, als er sich schlafen gelegt hatte, verspürte er ein brennendes Bedürfnis nach Namen französischer Komponisten, er wollte sie alle aufsaugen, er wollte sie kennen, sie laut aussprechen und sie so in sein Gedächtnis einbrennen. Er begann, Seite für Seite durchzublättern und jede Überschrift auf einen französischen Namen hin zu prüfen. Nach gut einer Stunde hatte er alle, die er im Buch gefunden hatte, herausgeschrieben.

Daniel-François-Esprit Auber, Hector Berlioz, Georges Bizet, Pierre Boulez, François Couperin, Marc-Antoine Charpentier, Claude Debussy, Charles Gounod, Jacques-Fromental Halévy, Jean-Baptiste Lully, Jules Massenet, Darius Milhaud, Jacques Offenbach, Francis Poulenc, Jean-Philippe Rameau, Maurice Ravel, Camille Saint-Saëns, Erik Satie, Ambroise Thomas.

Er las sie sich der Reihe nach laut vor, den einen oder anderen Namen zwei, drei Mal hintereinander, bis die Aussprache klarstes Französisch war. Dann ging er mit der Liste ins Zimmer der Mutter und sah ihr CD-Regal auf jeden einzelnen dieser Namen durch. Nach fast einer Stunde gab er auf. Er ging zurück in sein Zimmer, setzte sich an die Bettkante. Er stellte sich vor, ein eigenes CD-Regal zu haben, ausschließlich mit CDs französischer Komponisten. Da, an der Wand neben der Frankreichflagge würde es stehen. Jede einzelne CD würde er sich genauso aufmerksam anhören wie am Vorabend Rameaus *Hippolyte et Aricie*, und erst, wenn er sie aufmerksam angehört und das Libretto ebenso aufmerksam mitgelesen hatte, würde er sich erlauben, sie auch ins Regal zu stellen.

Aber wie käme er an diese CDs? Ausgeschlossen, dachte er, sie bei Buck zu kaufen. Es wäre geradezu ein Verbrechen, er würde bei Frau Meier in Ungnade fallen. Und plötzlich kam ihm ein Gedanke, der ihn auf spielerische Art und Weise einnahm und nicht mehr losließ: Was, wenn er den dicken, glatzköpfigen Klassikmann fragte? Der wüsste sicher noch ein anderes Musikgeschäft. Außerdem könnte er ihm bestimmt auch eine Antwort geben, was Lully und seine Musiksprache betraf. Er nahm sich vor, am Montag in der Mittagspause im Migros-Restaurant zu essen, und sollte der Klassikmann nicht da sein, musste er es am Dienstag eben nochmals versuchen, und sollte dieser auch am Dienstag nicht da sein, musste er sich etwas anderes einfallen lassen.

*Fünftes Kapitel*

Christian war erleichtert: Der Klassikmann saß am selben Platz wie beim letzten Mal. Er raffte seinen Mut zusammen; es wäre ihm lieber gewesen, wenn alle anderen Plätze besetzt und er gewissermaßen gezwungen gewesen wäre, sich an den Tisch des Klassikmanns zu setzen. Aber diesen Mut war er sich schuldig, das ganze Wochenende über hatte er diesem Augenblick entgegengefiebert, und am Vormittag hatte ihm allein der Gedanke an sein Vorhaben die Zumutungen von Frau Meier gleichmütig ertragen lassen. Ihre Meinung über ihn und ihr Verhalten ihm gegenüber interessierten ihn nicht mehr, und ob sie ihn mochte oder nicht, war ihm egal. Mehrmals hatte er sich, während er eine CD nach der anderen verschweißte und sich die Interpretennamen des Chansons-Regals einprägte, ins Fäustchen gelacht und sich gesagt: Wenn sie nur wüsste, was er für Mittag vorhatte...

Er steuerte auf den Stuhl gegenüber dem Klassikmann zu. Der Augenblick würde ihm schon etwas eingeben, hatte er sich die letzten zwei Tage gesagt, jetzt aber hatte er keine Ahnung, wie er es anstellen sollte. Plötzlich fiel ihm ein, was er letzte Nacht geträumt hatte: Im Restaurant sitzend, hatte er dem Klassikmann die ihn brennenden Fragen über Lully gestellt, und der Klassikmann hatte ihn daraufhin nur angesehen, mit einem strengen Blick, ohne ein Wort zu sagen.

An einem der Plätze schräg gegenüber von ihm lag eine *Zwanzig-Minuten*-Zeitung. Christian setzte sich, schob die Zeitung neben sein Tablett, fing, darin blätternd, zu essen an. Er runzelte die Stirn, als ob ihn das Gelesene beschäftigte.

So sehe man sich wieder, hörte er den Klassikmann plötzlich sagen.

Christian sah auf.

Der Klassikmann grinste, wobei er allem Anschein nach ein Lachen zurückhielt.

Christian tat so, als wisse er nicht, wer er sei.

Sie hätten sich vor ein paar Tagen bei Buck gesehen, half ihm der Klassikmann auf die Sprünge, beim Eingang der Klassikabteilung.

Jetzt wisse er wieder, sagte Christian, als erkannte er ihn auf einen Schlag wieder.

Es tue ihm leid, sagte der Klassikmann weiter, dass er ihn damals nicht gegrüßt habe. Vor ein paar Wochen habe er dies bei einem der Popabteilungsmitarbeiter gewagt, worauf Frau Meier nach wenigen Minuten zu ihm in die Abteilung gerauscht sei: Er solle ihre Mitarbeiter nicht ansprechen, sie gehe sonst wieder zur Geschäftsleitung, dann sei er fällig. Diese Frau sei ein Biest.

Das also war der Klassikabteilungsleiter, dachte Christian und wollte eine abfällige Bemerkung über Frau Meier machen, aber es fiel ihm keine ein.

Ob er neu bei Buck sei?, fragte der Klassikabteilungsleiter.

Er habe letzte Woche seine Lehre angefangen, antwortete Christian. Frau Meier lasse ihn hauptsächlich CDs verschweißen und Interpretennamen, die ihn überhaupt nicht interessierten, auswendig lernen. Das Spannendste bis jetzt sei der Blick gewesen, den er in sein, des Klassikabteilungsleiters Reich geworfen habe, sagte Christian und lächelte ein wenig schelmisch. Er musste zur Sache kommen. Er fühlte sich ähnlich aufgeregt wie damals beim Vorstellungsgespräch mit Herrn Freier. Vor ein paar Tagen habe er Rameaus *Hippolyte et Aricie* angehört, fuhr er nach einer Weile fort. Die CD gehöre seiner Mutter. Seine Eltern kämen aus Frankreich, und für ihn als Franzosen sei das so etwas wie eine Heimaterfahrung gewesen. Er würde sich gern auch einmal etwas von Lully anhören. Er habe sich gefragt, ob das Italienische in Lullys Musik durchschlage und ob Lully weniger französisch klinge als Rameau, ob sich das Französische bei ihm angestrengter anhöre.

Darauf habe er noch nie geachtet, antwortete der Klassikabteilungsleiter, möglich, dass sich bei Lully etwas Italienisches äußere. Bei Rameaus *Hippolyte et Aricie* höre man wiederum ab und an deutlich Lully heraus. Rameau sei ohne Lully kaum denkbar.

Ob der Klassikabteilungsleiter ihm ein Musikgeschäft empfehlen könne, wo er Klassik-CDs ungestraft kaufen könne?

Neben dem Schauspielhaus sei das Konkurrenzgeschäft, das Musikhaus Sperr, mit einer ebenso umfangreichen Klassikabteilung. Es habe, wie das ihre, bis sieben Uhr geöffnet. Ungestraft, sagte der Klassikmann nach einer Weile und lächelte. Dort habe auch er seine erste Aufnahme – damals als Schallplatte – gekauft: Ein paar Wochen, bevor er seine Kochlehre in Basel beendet habe, sei, als er sich Bizets *Carmen* mit Maria Callas in der Titelrolle angehört habe, sein Vater in sein Zimmer gestürmt, habe den Plattenspieler mitsamt der Platte an die Wand geschmettert und ihm damit gedroht, ihn vor die Tür zu setzen, sollte er sein Geld noch einmal für solchen Blödsinn ausgeben. Als er nach der Lehre, mit neunzehn, nach Zürich gezogen sei – er habe Basel und seinen Vater nie wieder gesehen –, habe er sich mit seinem ersten Monatslohn diese Aufnahme nachgekauft. Ob er, Christian, schon einmal etwas gehört habe von Maria Callas?

Nein, gab Christian zu. Es war ihm unangenehm. Den Namen, so schien ihm, kannte man.

Sopran, sagte der Klassikabteilungsleiter, wobei – nein, die Callas könne man nicht einfach so mit einer Stimmlage abstempeln, weder als Sopran noch als Mezzosopran, und ebenso wenig sei sie einem bestimmten Stimmfach zuzuordnen, denn sie habe sowohl als Carmen wie auch als Rosina, als Violetta, als Tosca, als Norma, als Amalia, als Turandot, ja selbst als Kundry brilliert. Die wenigsten Sängerinnen hätten diese Rollen mit derselben Bravour gemeistert – nicht einmal ihre größte Rivalin, Renata Tebaldi. Das Faszinierendste an der Callas sei ja, dass sie, im Gegensatz zur Tebaldi, die als die *Engelsstimme* bekannt gewesen sei, für viele keine – im klassischen Sinne – schöne Stimme gehabt habe, kein schönes Timbre. Das Publikum soll geradezu verstört gewesen sein, als es sie die ersten Male gehört habe, und bald schon hätten sich zwei Lager gebildet, die Anhänger der *Tigerin* Callas und jene des *Engels* Tebaldi. Für ihn, den Klassikabteilungsleiter, sei es fraglich, ob die Callas ohne die Tebaldi und die Tebaldi ohne die Callas so erfolgreich gewesen wäre. Beide seien sie schließlich durch die andere zu dem geworden, was sie heute seien, als was sie heute gälten, und auch damals schon hätten sich beide im Unterschied zueinander definiert. Aus der Brusttasche seines Hemds zog der Klassikabteilungsleiter einen kleinen schwarzen Notizblock und einen Kugelschreiber und kritzelte etwas darauf. Wenn es ihn, Christian, interessiere, sagte er, empfehle er ihm diese beiden *Traviata*-Aufnahmen. Da höre man den Unterschied zwischen den beiden Sängerinnen deutlich heraus. Die *Traviata* spiele übrigens in Paris. Und Verdi habe diese Oper nach dem Roman eines Landsmanns von Christian, Alexandre Dumas dem Jüngeren, geschrieben. Er riss die Seite aus dem Notizblock und gab sie Christian. Dann sah er auf die Uhr. Er müsse zurück zu Buck, sagte er, seine Mittagspause sei in zehn Minuten um. Die Popabteilungsleiterin schreibe ja jede Minute auf, die er zu spät komme. Sie schmiede wohl an irgendeinem Plan, diese Xanthippe.

Das Aufstehen schien den Klassikabteilungsleiter einige Kraft zu kosten, er stützte sich am Tisch auf, presste die Lippen aneinander und kniff die Augen leicht zusammen, als habe er Schmerzen. Er habe ganz vergessen sich vorzustellen, sagte der Klassikabteilungsleiter. Sein Name sei Peter. Er gab Christian die Hand.

Christian stand auf und stellte sich ebenfalls vor. Der Händedruck war gleichsam die Verabschiedung. Christian sah Peter nach, dabei fiel ihm sein schwerer, geradezu beschwerter Gang auf. Ab und zu streifte er, als müsse er sich stützen, eine Stuhllehne. Christian musste daran denken, wie oft Gianni und er sich über schweizerische Namen wie Peter, Ueli, Ruedi und dergleichen lustig gemacht hatten. Als Peter seinen Namen ausgesprochen hatte, hatte er Gianni schon lachen gehört.

Er las, was Peter auf den Notizzettel geschrieben hatte: Verdi, *Traviata*, Santini, Callas, 1953. Und darunter: *Traviata*, Molinari-Pradelli, Tebaldi, 1954. Und was war mit Lully? Wie waren sie überhaupt auf die Callas und die Tebaldi gekommen? Wie auch immer, dachte er, er wollte und musste unbedingt an diese beiden *Traviata*-Aufnahmen kommen. Die Geschichte spielte schließlich in Paris und war aus der Feder eines Franzosen. Und dann fühlte er sich geradezu verpflichtet, Peter von seinem Hörerlebnis zu erzählen. Täte er das nicht, würde Peter ihn noch für einen Knecht Frau Meiers halten, für einen Popmenschen, der die Klassik im Dienste des Pops verachtete.

Der Nachmittag fing mit dem Verschweißen der zweiten Hälfte des CD-Stapels an, den Frau Meier ihm am Vormittag neben die Verschweißmaschine gelegt hatte. Danach rief sie ihn an den Computer und zeigte ihm, wie man eine Kundenbestellung eingab. Aus der Bestellkartei neben dem Computer nahm sie einen bereits ausgefüllten Bestellzettel, drückte ihn Christian in die Hand und forderte ihn auf, die Bestellung unter ihrer Aufsicht einzutippen.

Er solle nicht so stark auf die Tasten hämmern, wies sie ihn zurecht, als er mit dem Eintippen anfing, das mache nur unnötigen Lärm und beschädige die Tastatur. Hätte er nicht zu stark auf die Tasten gehämmert, dachte er, dann hätte sie etwas anderes gesucht und gefunden, was sie aussetzen konnte. Er solle den Bestellzettel rechts unten unterschreiben und wieder in die Kartei einordnen, befahl sie, und nachdem Christian unterschrieben hatte:

Er solle seinen Namen leserlich schreiben, er sei schließlich kein Arzt, sondern Lehrling. Er war kurz davor, den Kugelschreiber auf den Boden zu schmeißen und zu gehen, besann sich dann aber. Er dachte an seine Mittagspause mit Peter. In ein paar Stunden, sagte er sich, würde er in der Klassikabteilung bei Sperr stehen.

Die Interpretennamen des Oldies-Regals kamen ihm genauso belanglos vor wie alles andere in dieser Popabteilung. Er stellte sich vor, wie Gianni plötzlich den Laden betrat und ihn fragte, was er zu tun habe. Er würde ihn auslachen und kopfschüttelnd fragen, was das denn für eine Arbeit sei, und er, Christian, würde wahrscheinlich mitlachen.

Eine Kundin, eine ältere Frau mit schwarzgefärbten Haaren, Sonnenbrille, feine Goldkette, kurzes Kleid und schwarze Stöckelschuhe, durchquerte schnurstracks die Popabteilung und ließ beim Betreten der Klassikabteilung den roten Samtvorhang hinter sich offen, so dass Christian einen Blick nach drüben werfen konnte. Peter lehnte an einem Stehpult, blätterte in einem Heft oder Katalog, schien in das, was er gerade las, vertieft. Christian fiel auf, dass er Frau Meier, Martin oder Lisa noch nie so ruhig und bedächtig gesehen hatte. Er fragte sich, was wohl geschähe, wenn er jetzt einfach den roten Vorhang durchschritte.

Sie fahre jetzt zur Geschäftsleitung hinauf, hörte er Frau Meier hinter dem Tresen zu Martin sagen, sie habe eine kurze Besprechung mit dem Filialleiter. Kaum war sie mit dem Glaslift über dem zweiten Stock, legte Martin seinen Stapel auf dem Tresen ab. Er kam zu Christian ans Regal und fauchte ihn, Frau Meier nachäffend, mit

Interpretennamen an, diesmal aus dem Oldies-Fach, und wieder lächelte Christian sicherheitshalber nur zurück. Wo er eigentlich seine Mittagspausen verbringe?, fragte Martin, er habe ihn noch nie oben in der Kantine gesehen, die Popleute hätten ihn ganz verdattert angesehen, als er ihnen erzählt habe, dass ein neuer Lehrling bei ihnen angefangen habe.

Ein Freund von ihm arbeite nahe beim Bellevue und mache meist zur selben Zeit Mittagspause wie er, antwortete Christian und wunderte sich, dass ihm diese Lüge aus dem Stegreif eingefallen war. Zu sagen, es sei ihm ein Bedürfnis, seine Mittagspause allein zu verbringen, wäre ihm unangenehm gewesen.

Als Frau Meier ihre Position hinter dem Tresen wieder eingenommen hatte, zitierte sie ihn vom Oldies-Regal zu sich und prüfte ihn ab. Er meisterte die Prüfung tadellos. Wie meistens nach dem Abfragen schickte sie ihn mit einem Blick auf die Uhr in die Pause, die er mit einem Carac und einem Rivella aus der Bäckerei in der Oberdorfstraße auf der Bank gegenüber dem Zwingli-Denkmal verbrachte.

Die restlichen zweieinhalb Stunden tippte er Artikelnummern von grünen Bestellkärtchen ins Bestellsystem ein. Es handle sich um CDs zur Sortimentserweiterung, sagte Frau Meier, obwohl die Firma – was heiße die Firma, die Branche! – sich das eigentlich gar nicht mehr leisten könne.

Als er endlich draußen war, hatte er noch eine halbe Stunde, bis das Musikhaus Sperr schloss. Er eilte die Kirchgasse hinauf, überquerte, am Kunsthaus und am Schauspielhaus vorbei, den Heimplatz und betrat nach gut zehn Minuten den Laden. Die Klassikabteilung befand sich, wie auf einer Tafel am Eingang zu lesen war, im Untergeschoss. Am Weg nach unten tauchte er bereits in das gedämpfte Licht der Klassikabteilung – er stellte fest, dass es etwas weniger gedämpft war als in jener von Peter. In der Mitte stand der Tresen in Form eines Halbkreises, hinter dem eine Verkäuferin mit grauschwarzen, streng nach hinten gekämmten Haaren mit Schreibarbeit beschäftigt war. In der Abteilung herrschte strenge Stille, auch die zwei, drei Kunden verhielten sich nahezu geräuschlos. Christian steuerte in die hintere Ecke links vom Tresen, wo an einem unsichtbaren Faden ein schwarzes Schild mit der goldenen Aufschrift „Opern" von der Decke hing.

Christian nahm den Zettel von Peter aus dem Portemonnaie. Von der *Traviata* gab es etwa zehn verschiedene Aufnahmen. Eine der ersten war dann auch schon die mit der Tebaldi. Die Frau auf dem Cover musste sie sein: auf olivgrünem Hintergrund, in einem hellbeigen Spitzenkleid, über ihre Schulter schauend.

Schließlich fand er auch die Aufnahme mit Maria Callas, eine von einer Plastikfolie überzogene CD. Ob auch hier ein Lehrling den ganzen Tag Boxen verschweißte? Anstatt eines Fotos zierte das Cover ein gemaltes Portrait einer jungen Frau, mit einem extravaganten schwarzen Federhut, dessen Bänder am Hals zu einer noch extravaganteren, übergroßen Schlaufe zusammengebunden waren. Das konnte nur eine Französin sein, dachte Christian, eine Pariserin, aus einem versunkenen Land, aus einer vergangenen Zeit. Aber er hatte eigentlich ein Foto von der Callas erwartet. Wie sah sie wohl aus? Er bemerkte, dass er sie sich nicht besonders zierlich, aber ganz und gar nicht grob vorstellte.

Auf dem Tresen konnte er keine Verschweißmaschine entdecken oder etwas, das einer Verschweißmaschine ähnlich sah. Als er die beiden CDs bezahlte, fiel ihm auf, dass die Verkäuferin im Gegensatz zu Frau Meier überhaupt nicht heuchlerisch wirkte. Mit dem Plastiksäckchen aus dem Laden tretend, zwang er sich, die CDs erst in der Schnellbahn auszupacken. Sollte im Beiheft kein Foto von der Callas abgedruckt sein, würde er sie zu Hause eben googeln. Mit dem Dreiunddreißiger-Bus fuhr er bis zum Hauptbahnhof und erreichte dort die Neunzehn-Uhr-null-neun-Schnellbahn. Er setzte sich in ein leeres Viererabteil, nebenan saß ein Mann im Anzug und mit Krawatte, zwischen seinen Füßen den Aktenkoffer eingeklemmt, den Blick leer und teilnahmslos auf die Kopflehne ihm gegenüber gerichtet. Christian riss die Folie der Callas-CD auf, schüttelte ungeduldig das Beiheft heraus, blätterte es durch und stieß in der Mitte auf ein Foto: Das war sie also, die Callas, als Violetta, wie unter dem Foto stand. Sie sah geradezu sanftmütig aus. Nicht im Entferntesten hätte er an eine Tigerin gedacht. Christian fiel vor allem ihre glatte, weiße Haut auf, ihre dicke Oberlippe. Ihre Körperhaltung, die auf dem Foto nur zu erahnen war, hatte etwas Bestimmtes, Abgeklärtes; sie stand im Gegensatz zu diesem Mädchenhaften in ihrem Gesicht, das plötzlich etwas Kämpferisches ausstrahlte, ohne jedoch unversöhnlich zu wirken.

Die Inhaltsangabe war in vier Sprachen abgedruckt: auf Englisch, Deutsch, Italienisch und Französisch. Christian las sie auf Französisch.

Zu Hause angekommen – aus der Küche roch es nach gebratenem Fisch und Rosmarin –, ging er sofort in sein Zimmer, schloss die Tür, setzte sich an den Schreibtisch, blätterte im Klassikbuch des Vaters die *Traviata* auf, wo auch die Stimmlagen aufgelistet waren. Parallel dazu schlug er im Beiheft der Callas-Aufnahme das Libretto auf, dann legte er die CD ein.

Zeile um Zeile las er in der französischen Fassung mit. Das eine oder andere Mal wanderte sein Blick auf die deutsche Übersetzung, und er dachte, wie ungelenk und unstimmig sie neben der französischen und vor allem dem italienischen Original wirkte.

*Sechstes Kapitel*

Es war viertel nach acht. Christian sprang aus dem Bett. Er hatte am Vorabend vergessen, den Wecker zu stellen. Warum hatten ihn die Mutter oder der Vater nicht geweckt? Sie wussten ja, dass er um viertel vor neun bei Buck sein musste. Während er sich eilig die Zähne putzte, kam der Vater herauf. Ob er erst jetzt aufgestanden sei?, fragte er überrascht.

Sie hätten ihn wecken können, brummte Christian, die Zahnbürste im Mund.

Er sei ja um viertel vor acht bei ihm gewesen, er, Christian, habe gemurmelt, er stehe gleich auf, sagte der Vater fast schon entschuldigend.

Christian schlüpfte in seine schwarzen Jeans und in ein weißes Hemd, hastete die Stiege hinunter, schlüpfte in seine Schuhe, riss die Tür auf und rannte los, ohne sie hinter sich zu schließen. Von der Kirchenstiege aus sah er die Schnellbahn fahren. Er nahm den Siebziger-Bus, der zwei Minuten später kam, bis zum Morgental, stieg dort in das Siebener-Tram um und kam kurz vor neun am Paradeplatz an. Auf der Münsterbrücke bemerkte er, dass er den Geschäftsschlüssel zu Hause vergessen hatte. Zum Hineinkommen würde er ihn zum Glück nicht brauchen, die Glasschiebetür müsste schon in Betrieb sein.

Frau Meier stand hinter dem Tresen, mit einem Stapel CDs beschäftigt. Martin und Lisa zählten Kleingeld aus der Kasse. Christian entschuldigte sich für die Verspätung, steckte sich sein Namensschild an.

Kein Problem, sagte Frau Meier trocken, ohne von ihrem Stapel aufzusehen.

Es wäre ihm lieber gewesen, sie hätte ihn angeschnauzt, war es doch offensichtlich, dass sie sich ihren Teil dachte. In Frankreich liefe es anders: Dort würde man ihn anschnauzen und die Sache daraufhin wieder gut sein lassen – die Mutter beispielsweise hätte es so gemacht.

Da fiel ihm ein: Für den Keller brauchte er den Schlüssel. Er raffte seinen Mut zusammen: Es tue ihm leid, sagte er zu Frau Meier, er habe seinen Schlüssel zu Hause vergessen. Ob er ihren ausleihen dürfe?

Ohne von ihrem Stapel aufzusehen, zog Frau Meier ihren Schlüssel aus der Hosentasche und schmetterte ihn auf den Tresen. Solange er seinen Kopf nicht auch zu Hause vergessen habe, brummte sie.

Wie um ihm zu verdeutlichen, dass sein Zuspätkommen nun doch ein Problem war, schickte sie ihn nicht in die Vormittagspause. Nachdem er einen kleinen CD-Stapel verschweißt hatte, drückte sie ihm wieder grüne Bestellkärtchen in die Hand, die er wie am Vortag ins Bestellsystem eintippen sollte. Christian fragte sich, um wie viel sie das Sortiment noch erweitern wollte; seit er hier war, hatten sie höchstens zehn CDs verkauft.

Während er eine Artikelnummer nach der anderen eingab, standen Martin und Lisa bei den Regalen herum, gingen auf und ab, nahmen, um eine Beschäftigung vorzutäuschen, eine CD in die Hand, stellten sie nach eingehender Betrachtung wieder zurück ins Regal. Ab und zu kamen sie hinter den Tresen, tippten etwas in den Computer neben Christian ein, verschwanden dann wieder hinter den Regalen. Christian fiel auf, dass ihre

Grundhaltung eine gebückte war. Bei beiden, so schien ihm, kündigte sich beim obersten Halswirbel bereits ein kleiner Buckel an.

Frau Meier seufzte auf, als er zu Mittag – er hatte noch nicht alle Bestellkärtchen eingetippt – sein Namensschild abnahm und in die Schublade legte. Er kümmerte sich nicht darum, sollte sie seufzen, wie sie wollte.

Erst als er auf dem Limmatquai war und in Richtung Migros-Restaurant startete, fiel ihm auf, was für eine angespannte Luft im Geschäft geherrscht hatte und dass sie auf ihn übergegangen war. Jetzt, draußen, atmete er tiefer, freier, und auch seine Bewegungen waren geschmeidiger.

Peter saß am selben Platz wie am Vortag, beide Stühle ihm gegenüber waren unbesetzt. Er stand, als er Christian sah, etwas beschwert auf – sein Gesicht verzog sich wieder leicht, als steche oder brenne ihn etwas –, schüttelte ihm dann aber erfreut und unerwartet fest die Hand. Schön, dass er gekommen sei, sagte er und setzte sich wieder. Er habe etwas für ihn. Er kramte in seinem Portemonnaie. Eine Karte für die *Traviata*-Vorstellung diesen Abend in der Oper, um neunzehn Uhr, sagte er und legte sie Christian hin. Die Vorstellung sei Teil seines Saison-Abonnements, aber er müsse nach Feierabend kurzfristig zu seinem Verlobten nach Genf, der am Vorabend von einer Gruppe Machos verprügelt worden sei. Er liege im Spital, sei aber bei Bewusstsein. Glücklicherweise habe er, Peter, tags darauf frei. Kurz wich Christian seinem Blick aus. Er dachte an die Jungs aus der Berufsschule, an die Sprüche von Frau Meier, an die Zwillinge, auch an Gianni. Der Platz sei nicht der allerbeste, fuhr Peter fort, die vordere linke Ecke der Bühne nicht zu sehen, dafür aber die Akustik vorzüglich, vor allem für Verdi, und überhaupt für *Belcanto*.

Christian bedankte sich, immer noch etwas verlegen. Er habe sich die beiden Aufnahmen angehört, die er ihm empfohlen habe, sagte er nach einer kurzen Pause. Zuerst die mit der Callas, und dann, um zu vergleichen, einzelne Stellen mit der Tebaldi. Vor allem das Ende des ersten Aktes vom *È strano!* an habe er sich mehrmals angehört, allerdings nur ein einziges Mal mit der Tebaldi, denn deren Violetta sei ihm im Vergleich zu der von der Callas zu aufgedreht erschienen, außerdem habe sie bei der einen oder anderen Koloratur, bei der einen oder anderen Höhe oder Tiefe, angestrengter geklungen als die Callas. Bei der Callas habe er sich – das sei beim Schluss des *Sempre Libera* passiert – gefragt, ob dieser Gesang, diese Töne so etwas wie Perfektion – dieses Wort habe sich ihm aufgedrängt – darstellten. Bis zu diesem Zeitpunkt habe er mit diesem Wort lediglich etwas Kaltes verbunden, habe ihn dieses Wort sozusagen kalt gelassen.

Zur Verteidigung der Tebaldi, erwiderte Peter und lächelte, müsse er sagen, dass die *Traviata* nicht die geeignetste Partie für ihre Stimme gewesen sei. Ihre Desdemona im *Otello* beispielsweise sei etwas ganz anderes als ihre Violetta. Aber er verstehe Christian natürlich und auch er müsse gestehen, dass die Callas seit jeher, seit der Carmen, seine *Diva Assoluta* sei.

Peter warf einen Blick auf die Armbanduhr. Er müsse leider schon weg und zu Hause – er wohne nur zwei

Tram-Stationen von hier, im Seefeld – das Nötigste für die Reise nach Genf packen. Er erhob sich langsam und genauso beschwert wie vorhin. Christian stand absichtlich nicht allzu ruckartig auf, er wäre sich sonst unverschämt vorgekommen.

Peter reichte ihm die Hand über den Tisch, drückte sie kräftig und wünschte ihm einen schönen Abend mit Violetta, Alfredo und diesem schrecklichen Vater.

Wenn er, Peter, wieder hier sei, erzähle er ihm dann, wie es gewesen sei, sagte Christian, bedankte sich nochmals für die Karte, und wie am Tag davor entfernte sich Peter, mit der rechten Hand über die eine oder andere Stuhllehne fahrend, in Richtung Stiege. Er erinnerte Christian an die alten Leute im Bus, die, gerade eingestiegen und noch nicht sitzend, beim ruckartigen Anfahren nach einer Stange oder einem anderen Halt greifen.

Nachdem er die restlichen Artikelnummern in das Bestellsystem eingetippt hatte, zeigte ihm Frau Meier das Programm, in welchem, wie sie sagte, alle CDs, die auf dem Schweizer Markt existierten, verzeichnet seien. Mit diesem Programm suche man nach CDs, die hier im Geschäft nicht am Lager seien und bestellt werden müssten. Sie demonstrierte ihm, wie nach verschiedenen Kriterien gesucht werden konnte. Dieses Programm sei äußerst wichtig, sagte sie, weil es immer wieder Kunden gebe, die nur ein einziges Stichwort als Anhaltspunkt hätten. Bevor sie Abteilungsleiterin geworden sei, habe es, wenn ein Kunde mit einem Stichwort zu ihnen gekommen sei und sie selbst in diesem Programm nichts gefunden hätten, geheißen, man könne ihm nicht weiterhelfen, die Angaben seien zu unpräzise. Das habe sich, seit sie hier die Zügel in der Hand halte, geändert: Sie wolle, dass ihre Mitarbeiter und damit bald auch er, Christian, wenn sie im Programm nicht fündig geworden seien, das Stichwort, den Namen, die Telefonnummer oder die E-Mail-Adresse des Kunden notierten und ihm versicherten, der Sache nachzugehen – und das auch täten. In Zeiten wie diesen komme es schließlich auf jeden Kunden und jede verkaufte CD an. Sie wolle sich in den zehn Jahren bis zu ihrer Pensionierung nicht einen neuen Beruf suchen müssen.

Aus dem Papiergestell zog sie einen Zettel, den sie Christian, ohne ihn anzusehen, in die Hand drückte. Das sei eine Internet-Bestellung, er solle die aufgelisteten CDs zusammensuchen und die, die nicht am Lager seien, bestellen.

Seine Vorfreude auf die Vorstellung am Abend wuchs mit jeder Stunde. Es war ihm egal, als Frau Meier ihm die vierte, fünfte Internet-Bestellung in die Hand drückte, und es hätte ihn genauso kalt gelassen, wenn sie ihm aufgetragen hätte, das Klo zu schrubben. Am Abend würde er in der *Traviata* sitzen, ohne Leute wie diese Frau Meier, ohne Leute wie die Jungs von der Berufsschule.

Den nächsten Tag habe er frei, sagte Frau Meier kurz vor halb sieben, als Christian gerade die letzte CD verschweißte. Sie werde nämlich den ganzen Tag über in einer Sitzung mit der Geschäftsleitung sein. Martin hatte also Recht gehabt, offensichtlich wollte sie ihn im Auge, unter Kontrolle behalten. Wenn sie nur wüsste, dachte er, wünschte einen schönen Abend, trat zur Glasschiebetür hinaus auf den Limmatquai und atmete in tiefen, langsamen Zügen die Abendluft ein.

In Richtung Bellevue gehend, drehte er sich ein paar Mal um. Es drängte sich ihm das Gefühl auf, es könnte ihm jemand folgen, ein von Frau Meier angeheuerter Popmensch, den er nicht kannte.

Als er vom Bellevue das Opernhaus erblickte, fragte er sich, wie er es bisher nur hatte übersehen können. Es war eines der schönsten, beeindruckendsten, ja sakralsten Gebäude der ganzen Stadt. Er konnte es kaum erwarten einzutreten; er sah in seinem Portemonnaie nach, ob die Karte auch noch da war. Auf dem Vorplatz der Oper standen, meist in kleineren Gruppen, Leute herum, die Männer im Anzug, die Frauen in Abendkleidern. Die meisten von ihnen tranken aus einem Champagner- oder Weinglas, aber vereinzelt sah Christian auch Menschen, die weder Anzug noch Abendkleid trugen, sondern, wie der große, schlanke Mann mit Locken und Dreitagebart, der ein paar Meter vor ihm die Glastür öffnete, in Jeans und T-Shirt gekommen waren. Sie schienen nicht besonders aufzufallen oder schief angesehen zu werden. Auf jeder der drei Eingangs-Glastüren war der Theaterzettel angebracht, aber Christian kam nicht dazu, ihn durchzulesen, weil unablässig Leute hineinströmten.

Am unteren Ende einer großen, breiten, in der Mitte mit einem roten Teppich überzogenen Stiege standen zwei Billeteure in Uniform. Christian zeigte ihnen seine Karte, und der eine wies ihm freundlich den Weg. Er ging die Stiege hinauf, und neben den geöffneten Flügeltüren erwartete ihn ein Platzanweiser. Er kaufte das Programmheft und ließ sich zu seinem Platz in der zweitletzten Reihe führen. Ein älteres Paar musste aufstehen. Christian bedankte sich, die beiden nickten freundlich.

Noch nie war er an einem Ort gewesen, schien ihm, an dem so respektvoll und unaufdringlich miteinander umgegangen wurde.

Wie Peter gesagt hatte: Bis auf die vordere linke Ecke sah er von seinem Platz aus auf die ganze Bühne und auf mehr als die Hälfte des Orchestergrabens, wo sich die Musiker auf ihren Streichern, Oboen, Flöten, Klarinetten einspielten. Ab und zu hörte er die eine oder andere Melodie heraus. Ob es ganz anders als die beiden Aufnahmen klingen würde?

Hier in der Oper war alles verzierter, verschnörkelter, pompöser als im nüchternen Zuschauerraum des Schauspielhauses, in das Marie und er den Vater früher so oft auf Proben begleitet hatten. Die Goldverzierungen auf der Brüstung, die Logen, geradezu herrschaftliche Nischen, der große, schwere Luster – einen Moment lang sah ihn Christian ins Parkett plumpsen –, die Malereien an der Decke. War die Bühne nicht auch um einiges größer als jene vom Schauspielhaus? Der Vorhang zumindest schien länger und höher, überhaupt wuchtiger.

Ein lautes Handyklingeln ertönte im Saal, worauf eine Durchsage folgte, auf Schriftdeutsch, seltsamerweise mit österreichischer Färbung, wie es der Vater sprach, eine Männerstimme, welche die Zuschauer bat, ihre Handys auszuschalten. So unauffällig wie möglich fuhr Christian mit seiner Rechten in seine Hosentasche, zog sein Handy nur soweit hervor, dass er auf den Bildschirm sah, drückte den Ausschalteknopf und steckte es erst, als der Bildschirm schwarz war, zurück in die Hosentasche. Das Saallicht wurde schwächer, das Publikum leiser, und im Orchester erhob sich ein einheitliches Einstimmen, von einem Streicher angeführt, einer Geige wahrscheinlich. Es wurde still und dunkel, nur noch Flüstern hier und dort, und dann, von unten, Klatschen, mehr und mehr, nicht fanatisch, sondern aufrichtig, jetzt auch in Christians Reihe. Er klatschte mit, der alte Mann neben ihm richtete sich halb auf, sah in den Orchestergraben hinunter: Der Applaus galt dem Dirigenten, der nun vor dem Orchester Stellung bezogen hatte, auf einem kleinen Podium, zum Publikum gewandt. Er hob beide Arme zum Dank, machte eine knappe, nur angedeutete Verbeugung, drehte sich zum Orchester, hob wieder kurz beide Arme, der Dirigierstock wie zwischen Daumen und Zeigefinger schwebend, und dann, nach einigen Sekunden Stille im Dunkeln, die ungeheuren Streicherakkorde, Krankheit, Liebe und Tod der Violetta Valéry verheißend, während sich der Vorhang langsam öffnete und hinten auf der Bühne die Silhouette des Eiffelturms erschien.

*Siebtes Kapitel*

Ein lautes Klopfen an der Tür riss Christian aus dem Schlaf. Es war Marie. Philippe sei da, vermeldete sie aufgeregt. Christian sah auf seinen Wecker. Halb zwölf. Warum hatte er so lange geschlafen? Er solle herunterkommen, sagte Marie und machte die Tür zu. Christian richtete sich auf. Am besten, er brachte das jetzt so schnell wie möglich hinter sich. Danach würde er in die Stadt, zum Musikhaus Sperr neben dem Schauspielhaus fahren, um endlich zu einer Lully-Aufnahme zu kommen. Er putzte sich die Zähne, zog ein Hemd an und ging hinunter. Philippe kauerte neben Marie auf dem Sofa, ihnen gegenüber saß noch jemand. Philippe stand sofort auf, breitete die Arme aus, gab Christian einen kräftigen Handschlag und schlug ihm mit der anderen Hand freundschaftlich auf die Schulter. Wie es ihm gehe? Christian schien, als rieche Philippe aus dem Mund nach Alkohol. Ohne eine Antwort abzuwarten, fuhr Philippe fort: Ob er sich an seinen Kumpel Julien erinnere? Julien reichte Christian die Hand, ebenso fest zudrückend wie Philippe, unterließ aber zum Glück den kumpelhaft-väterlichen Schlag auf die Schulter. Christian erinnerte sich nicht an Julien, wahrscheinlich war es einer jener Jungs, mit denen er Philippe am Türsteher vorbei in die Diskothek gehen gesehen hatte.

Sie habe ihnen ja gar nichts angeboten, sagte Marie in ihrem merkwürdig artikulierten Französisch, was sie denn trinken wollten?

Sie hätten im Zug schon genug gehabt, antwortete Philippe mit einem müden Grinsen. Aus seinem Rucksack holte er eine Plastikflasche Orangensaft hervor, die er Marie vors Gesicht hielt. Ob sie sich erinnere? Julien lachte auf. Auch er schien, wie Christian jetzt bemerkte, betrunken.

Marie nahm ungläubig die Flasche, sah Philippe mit einem wissenden Lächeln an, öffnete sie und roch daran. Das dürfe doch nicht sein Ernst sein!, prustete sie heraus und begann ebenfalls konspirativ zu kichern. Dann wandte sie sich zu Christian. Das sei selbst gemachter Cointreau von Philippe. Kaum hatte sie Cointreau gesagt, fuhr Philippe ihr ins Wort: Jetzt habe sie es verraten!

Was verraten?, fragte Christian.

Also, fing Marie an: Philippes Vater habe vor kurzem einen Spirituosenladen in Vermeille eröffnet. In den Sommerferien hätten Philippe und Julien ihr und Katja das Gesöff an einem glühend heißen Nachmittag am Strand als Orangensaft angeboten, frischgepresster Saft aus Orangen, die in Philippes Garten wüchsen. Sie, Marie, habe, weil sie so großen Durst gehabt habe, einen riesigen Schluck genommen und die Hälfte davon herausgehustet. Das klinge nicht besonders lustig, sei aber ein Höllenspaß gewesen.

Er müsse anmerken, sagte Philippe, dass dieser Cointreau tatsächlich mit Saft aus seinen Gartenorangen gemacht und darüber hinaus verdünnt sei. Er wandte sich zu Christian: Seine Schwester und ihre Freundin seien nicht die ersten gewesen, denen sie diesen Streich gespielt hätten, er habe schon beinahe seinen gesamten Freundeskreis drangekriegt.

Christian lächelte, obwohl ihm nicht danach zu Mute war und er nichts Lustiges dabei fand.

Ob Christian nicht einen Schluck nehmen wolle?, fragte Philippe.

Christian bedankte sich, er müsse noch lernen, log er, Rechnungswesen, er habe am Montag einen wichtigen Test.

Er solle jetzt nicht die Stimmung vermiesen, insistierte Philippe, was sei schon dabei, bei einem kleinen Schlückchen verdünntem Cointreau?

In diesem Moment ging die Haustür auf. Es war der Vater. Den Einkaufswagen hinter sich herziehend – er wirkte auf Christian dabei plötzlich liebenswürdig und tollpatschig zugleich – grüßte er, als er vom Gang einen Blick ins Wohnzimmer warf, mit einem deutschen Hallo in die Runde.

Marie stellte ihm Philippe und Julien als Freunde aus den Sommerferien vor; sie seien gerade auf der Durchreise, ob es in Ordnung sei, wenn sie ein, zwei Tage hier übernachteten?

Der Vater war einverstanden und schüttelte Philippe und Julien erfreut die Hand. Er wärme jetzt noch die Nudeln mit Öl, Salbei und Knoblauch auf. Ob sie mitessen wollten?

Philippe und Julien sagten erfreut zu, übertrieben erfreut, schien es Christian. Als der Vater in die Küche verschwunden war, fragte Philippe Marie leise, fast flüsternd, ob sie dem Vater von ihrem Streich erzählt hätte?

Marie verneinte.

Dann sei er jetzt fällig, sagte Philippe und zwinkerte Christian zu.

Sie wisse nicht so recht, meinte Marie zögernd, der Vater trinke seit einer halben Ewigkeit keinen Alkohol mehr.

Und wenn schon, beschwichtigte Philippe, er verstehe doch Spaß? Juliens Vater, der ebenfalls keinen Alkohol trinke, habe – wie auch andere Väter von seinen Freunden, darunter sogar ein tiefgläubiger Moslem – nicht weniger über den Streich gelacht als sie, Marie, an jenem Nachmittag.

Er gehe den Tisch decken, sagte Christian. Er konnte keine Sekunde länger bei den anderen sitzen bleiben. Ob er den Vater vorwarnen sollte? Aber wer weiß, dachte er, vielleicht verstand der Vater doch Spaß. Er würde sich einen Moment lang in nichts von den französischen Vätern unterscheiden, die darüber gelacht hatten; es würde ihn ein Stück weit französischer machen, nicht nur für Philippe, sondern auch für ihn, Christian, selbst. Er stellte die Teller, die Gläser und das Besteck in die Küchendurchreiche, und als er ins Esszimmer zurückging, kam zur Haustür die Mutter herein. Sie gab Christian einen Kuss auf die Wange, und da sie im Wohnzimmer Marie und zwei Männerstimmen auflachen hörte, trat sie neugierig ein und grüßte, wie der Vater, mit einem deutschen Hallo in die Runde. Die Mutter war geradezu entzückt, als Marie ihr sagte, Philippe und Julien kämen aus Vermeille und seien auf der Durchreise.

Wie sie sich freue, einmal jemanden aus Südfrankreich hier zu haben, sagte sie und gab den beiden die Hand. Wo sie denn schon überall Halt gemacht hätten?

Zwei, drei Tage in Avignon, antwortete Julien, und die letzten zwei Tage seien sie in Genf gewesen.

Und wie lange sie noch Sommerferien hätten?, erkundigte sich die Mutter weiter. Christian fragte sich, was sie das interessierte.

Sie nähmen sich jetzt beide erst mal ein halbes Jahr frei, erwiderte Philippe, sie hätten ihr *Bac* soeben bestanden.

Dann hätten sie sich die Ferien ja richtig verdient, sagte die Mutter, als wäre sie stolz auf die beiden. War sie es am Ende vielleicht wirklich?

Ob sie das erste Mal in Zürich seien?, fragte sie nach einer kurzen Pause.

Philippe bejahte: Marie werde ihnen nach dem Essen die Stadt zeigen. Ob Christian auch mitkomme?, wandte er sich an ihn. Marie habe gesagt, er zeige ihnen das Geschäft, in welchem er seine Lehre mache.

Er habe leider keine Zeit, er müsse, wie gesagt, lernen, erwiderte Christian. Er gab sich Mühe, sich zu beherrschen.

Bei diesem schönen Wetter könne er doch nicht die ganze Zeit lernen, mischte sich jetzt die Mutter ein. Christian war kurz davor, den Teller, den er gerade auf den Tisch stellte, auf den Boden zu schmeißen und sich in sein Zimmer zu verziehen, ließ sich aber nichts anmerken.

Er solle doch wenigstens auf ein, zwei Stunden mitgehen, insistierte die Mutter.

Was wollte sie von ihm?, fragte sich Christian. Verbündete sie sich jetzt mit diesem hinterlistigen Philippe?

Ob Christian ihm nicht ein Glas für die Mutter bringen könne, bat Philippe, er wolle sie den selbst gepressten Saft aus seinen Gartenorangen kosten lassen.

Christian erstarrte für einen Augenblick. Wenn er jetzt einschritt, würde er endgültig als Spielverderber dastehen. Er nahm ein Glas vom Tisch und drückte es der Mutter, ohne sie anzusehen, in die Hand. Philippe schenkte ihr ein.

Die Mutter schien neugierig. Sie habe in Vermeille noch nie einen Orangenbaum gesehen, sagte sie.

Kaum hatte sie den ersten Schluck gemacht, hustete sie auf, verschüttete die Hälfte, stellte das Glas, die Hand vor dem Mund, auf dem Sofatisch ab und stimmte – Christian konnte es kaum glauben – in das Lachen Philippes, Juliens und Maries mit ein.

Ob das Cointreau sei?, fragte die Mutter, Tränen in den Augen und so rot im Gesicht, wie Christian sie noch nie gesehen hatte.

Philippe bekräftigte es, auch ihm hatte das Lachen die Röte ins Gesicht getrieben. Und er erzählte wieder die Geschichte von den Orangen aus dem eigenen Garten und dem Spirituosengeschäft, das sein Vater betreibe.

Wo dieses Geschäft denn sei?, fragte die Mutter. Sie kenne das Dorf ziemlich gut, ein Spirituosenladen sei ihr aber noch nie aufgefallen.

Philippe zückte eine Visitenkarte aus seiner Hosentasche und drückte sie der Mutter in die Hand.

Im Herbst fahre sie nach Vermeille, sagte die Mutter, da werde sie den Laden auf jeden Fall aufsuchen.

Sie sah auf die Armbanduhr. Sie habe die Zeit ja ganz übersehen, rief sie aus, sie sei eigentlich nur nach Hause gekommen, um sich Unterlagen, die sie am Morgen vergessen habe, zu holen. In zwanzig Minuten fange ihre nächste Stunde an. Sie verabschiedete sich von den dreien mit jeweils zwei Wangenküsschen, schickte Christian, der wie versteinert beim Esstisch stand, eine Kusshand zu, und weg war sie.

Ob Marie jetzt verstehe, warum er diese Werbemaßnahme so eisern durchziehe, fragte Philippe sie mit einem süffisanten Grinsen, wie es Christian nur von Geschäftsmännern in Anzügen aus dem Fernsehen kannte.

Der Vater kam mit der brutzelnden Pfanne aus der Küche. Marie, Philippe und Julien erhoben sich vom Sofa, Philippe nahm die Flasche mit, stellte sie neben sein Glas. Er hatte sich an Christians Platz gesetzt. Aus der Küchendurchreiche nahm der Vater den Krug, fragte, wem er Wasser einschenken dürfe.

Er habe da etwas mitgebracht, begann Philippe mit derselben unappetitlichen Freundlichkeit wie vorhin, selbstgepressten Saft aus seinen Gartenorangen, der Vater müsse ihn unbedingt probieren.

Der Vater schien erfreut, Philippe schenkte ihm ein. Nachdem der Vater die Nudeln ausgeteilt hatte, wünschte er *bon appétit*. Philippe sah mit einem verhaltenen Grinsen Julien an, der in seinen Teller starrte. Dann sah er zu Marie, die, kaum hatten sich ihre Blicke getroffen, ein Lachen zu unterdrücken versuchte, indem sie ebenfalls ihren Teller fixierte und schon eine viel zu große Menge an Nudeln um ihre Gabel gewickelt hatte. Sie erinnerte Christian an damals, als sie beide während des Ministrierens einem Lachkrampf nahe gewesen waren, wegen der dichten Augenbrauen des Herrn Pfarrers, die an diesem Tag ungewöhnlich struppig aufstanden; Marie hatte ihn verhängnisvollerweise noch in der Sakristei darauf aufmerksam gemacht.

Der Vater nahm sein Glas, führte es an die Lippen. Alle sahen ihn gebannt an. Er machte einen Schluck, spuckte den Cointreau sofort ins Glas zurück, hustete, seine

Hand vor den Mund führend, stand auf, krümmte sich, vom Husten durchgeschüttelt, immer tiefer, stützte sich mit der einen Hand auf die Tischkante und ging gleichsam in die Knie. Christian stürmte mit seinem Glas Wasser zu ihm – Philippe und Julien hatten schon angefangen zu lachen, verstummten aber bald –, zog ihn am linken Arm auf und legte diesen um seine Schultern. Der Vater zog seinen Arm ruckartig zurück, als wolle er Christian nicht anfassen, machte – der Husten ließ langsam nach – ein paar Schritte in Richtung Gang, stützte sich dabei auf die Stuhllehne Juliens und erreichte endlich die Tür, die hinunter zu seinem Zimmer führte. Christian blieb reglos neben dem Stuhl des Vaters stehen. Philippe, Julien und Marie saßen da, starr vor Verlegenheit, und doch fand sich immer noch eine Spur von hämischem Grinsen auf ihren Gesichtern. Während Christian den Vater langsam die Stiegen hinuntersteigen hörte, wollte er ihm nach, ihm sagen, er gehöre nicht zu denen, es tue ihm leid. Ein Gefühl von Scham überkam ihn und erstickte ihm die Wut, die er auf die drei verspürte. Er eilte aus dem Esszimmer und hinauf in sein Zimmer. Dort setzte er sich an den Bettrand, schnaufte, schnaubte regelrecht.

Blitzartig stand er auf, riss die Frankreichflagge von der Wand. Die Nägel fielen klirrend zu Boden. Er knäuelte die Flagge mit aller Kraft zusammen, schmiss sie gegen die Tür, nahm sie wieder auf und versuchte sie zu zerreißen, schaffte es nicht, schmiss sie nochmals gegen die Tür, und nochmals, bis er nicht mehr konnte. Er setzte sich wieder an den Bettrand, schwer atmend, starrte auf die am Boden liegende, ramponierte Trikolore, auf diesen Fetzen.

Da läutete sein Handy. Christian zog es aus der Hosentasche und erkannte die Nummer der Großmutter. Sie rief von ihrem Festnetz in Vermeille an. Wahrscheinlich wollte sie sich erkundigen, wie es ihm in den ersten Tagen als Lehrling ergangen war. Christian zögerte kurz, dann wies er den Anruf ab.

Er stand auf, ging die beiden Stiegen hinunter zum Vater, klopfte an seine Tür. Nach ein paar Sekunden trat er, die Tür langsam öffnend, ein. Das Zimmer war abgedunkelt, die Vorhänge beider Fenster zugezogen. Der Vater – er war gerade noch durch das Licht, das aus dem Gang ins Zimmer drang, zu erkennen – lag im Bett, die Arme kreuzweise über Stirn und Augen gelegt. Christian wollte irgendetwas tun, irgendetwas sagen, aber er wusste nicht, was. Er hörte den Vater tief ein- und ausatmen. Wahrscheinlich hatte er einen Migräneanfall; vor zwei, drei Jahren hatte in einem italienischen Restaurant, wo sie den Geburtstag der Mutter gefeiert hatten, das Tiramisu gereicht, in dem zu viel Alkohol war. Er machte so leise wie möglich die Tür zu, eilte die beiden Stiegen hinauf in sein Zimmer, schloss die Tür hinter sich, kramte aus der untersten Schublade die CD heraus, die der Vater ihm mit dem Klassikbuch geschenkt hatte, Wagners *Siegfried-Idyll*, dirigiert von Sir Georg Solti, mit den Wiener Philharmonikern, wie auf dem Cover stand. Er zog die Vorhänge zu; jetzt war es fast so dunkel wie unten beim Vater. Dann legte er die CD ein, setzte sich an den Schreibtisch.

Besonders am Anfang kämpfte er gegen die Tränen; immer wieder begann sein Kiefer zu zittern. Bei einer öfter wiederkehrenden Stelle kamen ihm Bilder von seinen österreichischen Großeltern, den Eltern des Vaters, dem Eingangsbereich des Hauses mit der von einem roten Teppich bezogenen Stiege, die hinauf zu den Zimmern führte, ins Zimmer des Vaters und seiner Schwester, in dem Marie und er geschlafen hatten. Wie lange hatte er nicht mehr an all das gedacht? Wie lange war es her, dass die österreichischen Großeltern gestorben waren? Drei, vier Jahre vielleicht. Wie konnte er das nicht genau wissen? Der Tod des Großvaters jedenfalls lag länger zurück als der der Großmutter, das war das einzige, woran er sich erinnerte.

Nach dem *Siegfried-Idyll* öffnete Christian die Vorhänge wieder, nahm das Klassikbuch des Vaters zur Hand, sah im Namensregister unter Wagner nach. Über ihn stand mehr als über jeden anderen Komponisten, vier ganze Seiten.

Warum hatte der Vater ihm gerade das *Siegfried-Idyll* geschenkt?

Von unten hörte er Geschirrgeklapper. Er legte einen Bleistift als Lesezeichen in das Buch, ging hinunter. Von der Stiege aus sah er den Vater in der Küche, er stellte gerade die aufgetürmten Teller neben das Spülbecken.

Ob die drei noch hier seien?, fragte er ihn, als er in die Küche trat.

Der Vater verneinte, ohne von den Tellern aufzusehen, und begann mit dem Spülen.

Erst jetzt bemerkte Christian, wie wortkarg der Vater ihm gegenüber geworden war.

Er habe sich soeben das *Siegfried-Idyll* angehört, sagte er nach einigem Zögern. Seine Stimme zitterte ein wenig. Und im Buch, das er ihm geschenkt habe, habe er gelesen, dass Wagner es in der Schweiz, in Tribschen, komponiert habe, und ob der Vater gewusst habe, dass Wagner fast neun Jahre in Zürich, drüben im Quartier Enge, gelebt und dort den *Ring des Nibelungen* geschrieben habe? Nach Beteiligung am Dresdner Maiaufstand sei er in die Schweiz, nach Zürich, geflüchtet, wo er Asyl gefunden habe beim Ehepaar Wesendonck. Seine Liebe zu Mathilde Wesendonck habe außerdem seinen *Tristan* reifen lassen. Er hatte das Bedürfnis, den Vater zu beeindrucken oder wenigstens zu überraschen.

Da sehe er, dass es nicht nur Idioten in die Schweiz verschlage, erwiderte der Vater, auf die Beleidigung anspielend, die Christian ihm vor zwei, drei Monaten an den Kopf geworfen hatte. Er, der Vater, sei schuld daran, hatte er gesagt, dass er, Christian, in einem Land groß geworden sei, in dem nur Idioten lebten.

Der Vater drehte den Wasserhahn zu, trocknete sich am Geschirrtuch die Hände. Die Dichtung des *Ring des Nibelungen* habe er vollständig, sagte er und ging ins Wohnzimmer zu den Bücherwänden. Christian folgte ihm. Aus dem hintersten Regal – die Bücher waren alphabetisch geordnet – zog er ein sehr alt aussehendes Buch hervor, mit einem abgewetzten braunen Einband. Er blies einmal kräftig darauf – das machte er immer so, wenn er verstaubte Bücher aus seiner Bibliothek nahm, Christian war es schon als Kind aufgefallen – und drückte es Christian beinahe feierlich in die Hand. Er solle sorgsam mit dem Buch umgehen, fügte er ungewohnt streng hinzu und ging zurück in die Küche. Christian nahm das Buch mit in sein Zimmer, setzte sich an den Schreibtisch, schlug es vorsichtig auf.

Bis zum Abend hatte er das *Rheingold* gelesen, und nachdem die Mutter an sein Zimmer geklopft und ihn zum zweiten Mal vergebens gebeten hatte, hinunter zum Abendessen zu kommen, schlug er die *Walküre* auf und las auch sie. Dass die Mutter irgendwann demonstrativ laut die Stiege hinaufstampfte und ihre Zimmertür zuknallte, verschaffte seinem Lesen eine noch größere Intensität. Wahrscheinlich, dachte er, die Lektüre kurz unterbrechend, hatte sie für Philippe und Julien ein Festessen zubereitet und war jetzt, da der Vater am späten Nachmittag wohin auch immer gegangen war und Philippe und Julien sich nicht wieder hierher getraut hatten und mit Marie irgendwo in der Stadt steckten, allein am Tisch gesessen.

Bis kurz vor Mitternacht hatte er für die ganze *Walküre* gebraucht. Beim Lesen der Stabreime war er gezwungen gewesen, sich anzustrengen, jedes einzelne Wort mit den vor- und nachstehenden Wörtern in Zusammenhang zu bringen und in jedem Satz zuerst einen Sinn auszumachen, bevor er weitermachen konnte. Und als er sich Schritt für Schritt auf diese Herausforderung einließ, wurde aus dieser sperrigen, künstlichen Sprache mehr und mehr Deutsch, Deutsch in Schriftform, Schriftdeutsch – das war es –, und Christian hatte das Gefühl, zu etwas Vielversprechendem durchgedrungen zu sein, zu etwas, dem er mehr Platz einzuräumen bereit war als allem Anderen, allem Bisherigen.

Er fuhr von oben bis unten über das vergilbte Papier und die vielen Buchstaben, klappte das Buch zu, stand auf, ohne die Schreibtischlampe auszuschalten und ließ sich auf sein ungemachtes Bett fallen. Wie hatte es nur so weit kommen können, fragte er sich, und sein Blick fiel auf eines der Nagellöcher an der Wand, an der die Frankreichflagge gehangen hatte, wie hatte es nur so weit kommen können, dass er die deutsche Sprache hatte loswerden wollen, dass es ihn gequält hatte, den Vater auf dem Balkon in Vermeille deutsch sprechen zu hören? Wie hatte es nur so weit kommen können, dass er Deutsch als eine Fremdsprache, dass er sich als Franzosen, als Französischsprachigen hatte empfinden können, wo er Französisch doch eindeutig weniger beherrschte, wo er doch nicht einmal in der Lage war, ein einfaches E-Mail auf Französisch zu verfassen, ohne jedes zweite Wort wegen der Endungen oder der *accents* nachzuschlagen? Sein französisches Getue, diese französische Phase: wozu? warum? Was hatte er sich da die ganze Zeit über nur vorgemacht?

Er stand auf, ging zurück zum Schreibtisch, schaltete die Schreibtischlampe aus und blieb starr im Stockdunkeln stehen. Normalerweise fürchtete er sich in der Dunkelheit, vor allem spätabends, wenn er, wie jetzt, aufgrund der Müdigkeit noch furchtanfälliger gegenüber allem war, was ihn umgab. Hier und jetzt aber fürchtete er sich vor nichts in diesem Raum, weder dass plötzlich jemand hinter ihm stand, noch dass es plötzlich an seiner Tür klopfte, noch dass er plötzlich jemanden ganz nahe atmen hörte, noch dass ihm plötzlich eine Hand von hinten die Augen zudrückte.

*Achtes Kapitel*

Kaum hatte er das Musikgeschäft Buck pünktlich um viertel vor neun betreten, drückte ihm Frau Meier kommentarlos einen ganzen Stapel an grünen Bestellkärtchen in die Hand. Ob er sie jetzt sofort eintippen oder ob er zuerst hinunter in den Keller solle, Nachschub für ausgegangenes Material holen?, fragte Christian.

Sie werde ihm die Kärtchen nicht in die Hand gedrückt haben, damit er sie in den Keller mitnehme, knurrte Frau Meier, ohne ihn anzusehen. Christian machte sich ans Eintippen.

Während er eine Artikelnummer nach der anderen mit einer Routine eintippte, als täte er es schon sein Leben lang, fiel ihm ein, dass der Vater, als er in seinem Alter war, als Klassen- und Jahrgangsbester an seinem Gymnasium niemals solchen Stumpfsinn zu verrichten hatte. Er musste sich für ihn schämen, dachte Christian. Bestimmt gingen dem Vater ähnliche Dinge durch den Kopf: Er, der das Gymnasium mit Auszeichnung abgeschlossen, fürs Studium Begabtenstipendien erhalten hatte, stand nun da mit einem Sohn, der die Pflichtschule mit Müh und Not geschafft hatte, vom Gymnasium nichts hatte wissen wollen und gerade einmal eine Lehre machte, als einziger in der ganzen Familie, ja als einziger in der ganzen Verwandtschaft, sowohl der österreichischen wie auch der französischen. Bestimmt war es ihm unangenehm gewesen, seinen Geschwistern, deren Kinder alle ausnahmslos das Gymnasium besuchten oder gar schon studierten, zu sagen, Christian beginne eine Lehre.

Glücklicherweise unterbrach Frau Meier ihn in seinen Gedanken, als sie ihn in die Vormittagspause schickte.

Als er auf den Limmatquai trat, hätte er am liebsten einen weiten Fußmarsch vor sich gehabt, wäre am liebsten losmarschiert, ganz gleich wohin, bis die Beine schmerzten, bis er seinen Körper spürte, bis ihn die Müdigkeit überfiel. Einige Meter vor der Bäckerei, in welcher er sich sonst sein Carac holte, bemerkte er, dass er keinen Hunger hatte. Er drehte um und ging nicht wie sonst die Kirchgasse hinunter, sondern hinauf zum Zwingliplatz, wo er sich auf eine Bank setzte und auf den Turm der Sankt-Peters-Kirche sah. Er dachte an die Fügung, als er wegen der Charles-Trenet-CD den Laden betreten und als Lehrling wieder herausgekommen war; an das Leuchten des Zifferblattes der Sankt-Peters-Kirche. Wie sein Leben jetzt wohl aussähe, wenn er aufs Gymnasium ginge?

Als er mit den Plastikfolien aus dem Keller kam, fragte ihn Lisa, ob er auch CD-Hüllen mitgebracht habe.

Christian verneinte und bot an, er fahre sofort wieder hinunter, um welche zu holen.

Eigentlich, mischte sich Frau Meier ein, die daneben gestanden hatte, sollte er selbst merken, was hinter dem Tresen fehle. Das sei nicht die Aufgabe von Lisa.

Die CD-Hüllen seien seit fast einer Woche aus, setzte Lisa nach und zeigte, Christian abschätzig anschauend, auf einen Karton unter dem Tresen. Am Vortag habe sie hinunter in den Keller fahren und eine Kundin, die eine neue Hülle für ihre CD verlangt hatte, warten lassen müssen.

Christian entschuldigte sich und machte sich nochmals in den Keller auf. Lisa hätte ihn vor ein paar Tagen, als Frau Meier gerade in ihrem Büro war, darauf hinweisen können, dachte er, anstatt sich jetzt vor Frau Meier so aufzuplustern.

Die verbleibende Stunde bis zur Mittagspause verschweißte er den CD-Stapel und besänftigte seine Wut, indem er daran dachte, wie er am Abend in der Klassikabteilung des Musikhauses Sperr das *Rheingold* und die *Walküre* kaufen würde.

Als ihn Frau Meier in die Mittagspause schickte, verabschiedete er sich zum ersten Mal nicht mit seinem höflichen – und heuchlerischen – „Bis später", sondern ging ohne ein Wort zur Glastür hinaus.

Aus Gewohnheit den Weg in Richtung Bellevue einschlagend, fiel ihm plötzlich Peter ein. Bestimmt erwartete er ihn im Migros-Restaurant. Eigentlich sollte er ihm ja von der *Traviata* berichten. Unvorstellbar, dachte Christian, sich jetzt mit jemandem zu unterhalten. Nein, er konnte da nicht hin. Er bog in den Utoquai, setzte sich auf eine der Uferstufen. Er hatte das Gefühl, als sei der ganze Stumpfsinn, der in der Abteilung herrschte, auf ihn übergegangen. Er glotzte vor sich hin, auf die Limmat, auf den leeren Steg der „Frauenbadi", wartete, bis die Mittagspause vorüber war. Es überkamen ihn Zweifel, ob er das Ende dieses Arbeitstages jemals erleben würde, den Augenblick, an dem er sein Namensschild ablegen, sich mit einem „Bis morgen" – oder, wie vorhin, wortlos – verabschieden und sich endlich auf den Weg zu Sperr neben dem Schauspielhaus machen konnte. Er erinnerte sich: Genauso war es ihm während der drei Jahre in der

Sekundarschule mit dem letzten Pflichtschultag gegangen. Es war nicht zu fassen, hatte er immer wieder gedacht, dass ihm dieser Tag, dieses Glück vergönnt sein würde.

In dieser stumpfsinnigen Verfassung freute er sich beinahe, als nach der Mittagspause schon der nächste CD-Stapel neben der Verschweißmaschine auf ihn wartete. Beim Pop-Rock-Regal unterhielt sich Frau Meier gerade mit einem Kunden – dem ersten, den Christian an diesem Tag sah – und stieß auf eine muntere Bemerkung des Kunden einen derben Kehllaut aus. Christian verstand erst einen Augenblick später, dass es sich um ein Lachen gehandelt hatte. In diesem Laut, dachte er, steckte ihr ganzes Wesen, dieser Laut charakterisierte sie in ihrer ganzen engstirnigen Grobheit. Nachdem sie dem Kunden das Retourgeld in die Hand gedrückt hatte, verabschiedete sie sich dermaßen heuchlerisch von ihm – sie hob ihre Stimme bis zu einem Piepsen –, dass Christian am liebsten die Flucht ergriffen hätte. Alles, jeder Muskel spannte sich in ihm an. Er stellte sich vor, wie er sie am Schopf ihrer grauen Föhnfrisur packte und ihre Stirn immer und immer wieder auf den Tresen schlug. Dasselbe sollte er mit Lisa machen, dachte er, und mit Martin, am besten mit jedem Popmenschen in diesem Laden.

Als er mit dem Verschweißen fertig war, schickte ihn Frau Meier zum Pop-Rock-Regal, wo er, so trug sie ihm auf, kontrollieren sollte, ob auch die richtigen CDs hinter den richtigen Namensfächern eingeordnet waren. Das sei von nun an einmal im Monat seine Aufgabe.

Christian kontrollierte gerade das dritte, vierte Namensfach, als er eine junge Frau und einen jungen Mann, etwa in seinem Alter, französisch reden hörte. Schade, sagte sie, dass das neue Album von Patricia Kaas nicht da sei. Hoffentlich hörte Frau Meier sie nicht, dachte er, sie würde ihn sonst noch auffordern, die beiden zu fragen, ob er ihnen behilflich sein könnte. Er war erleichtert, als sie den Laden verließen.

Kurz vor halb sieben hatte er jedes einzelne Regal kontrolliert. Er ging zum Tresen und meldete es Frau Meier, die ihm, nach ihrem üblichen Blick auf die Armbanduhr, einen schönen Abend wünschte. Er nahm sein Namensschild ab, legte es in die Schublade unter dem Tresen und trat endlich durch die Glasschiebetür auf den Limmatquai. Der Gedanke, dass er tags darauf um viertel vor neun wieder erscheinen musste, kam ihm zwar, konnte ihm aber nichts anhaben. Der folgende Tag schien ihm weit, weit weg. Er eilte die Kirchgasse hinauf. Auf dem Heimplatz gingen drei Jungs an ihm vorbei, die ihn an Luca, Besim und Carlos erinnerten. Sie waren völlig identisch gekleidet: T-Shirt mit farbigem Aufdruck, weiße Jeans und flache Sportschuhe. Christian beschleunigte seine Schritte.

Hinter dem halbkreisförmigen Tresen war eine Verkäuferin etwa im Alter seiner Eltern, mit kurzen, knallorangen Haaren und dick aufgetragenem, dunkelrotem Lippenstift, gerade mit einem Kunden beschäftigt. Die Wagner-Aufnahmen befanden sich im Regal unter jenen Verdis. Christian fand sowohl vom *Rheingold* als auch von der *Walküre* eine Aufnahme mit Georg Solti und den Wiener Philharmonikern, für die er sich ohne zu zögern entschied. An der Kasse hinter einem älteren Herrn anstehend, bemerkte er, dass er nicht genug Geld für beide CDs dabei hatte. Er stellte die *Walküre* zurück ins Regal und nahm nur das *Rheingold*. Wie kürzlich die beiden *Traviata*-Aufnahmen öffnete er auch diese erst, als er in der Schnellbahn saß. Im Beiheft war der Text dreisprachig abgedruckt, auf Französisch, Deutsch und Englisch. Im Vorwort – er las es auf Deutsch – stand, dass es zu Beginn hundertsechsunddreißig Takte lang im Es-Dur-Akkord, im Es-Dur-Dreiklang in die Tiefen des Rheins hinabginge. Er konnte es kaum erwarten, die CD einzulegen.

Zu Hause angekommen, hörte er im Esszimmer Marie und die Mutter miteinander reden. Philippe und Julien waren wahrscheinlich nicht hier, sonst würde Marie nicht Deutsch sprechen. Die Mutter fragte, wer hier sei, Christian antwortete nicht, ging hinauf in sein Zimmer, schloss die Tür, zog die Vorhänge zu, legte die CD ein, setzte sich mit dem Beiheft an den Schreibtisch, machte die Schreibtischlampe an. Während des Vorspiels erinnerte er sich an die mehrtägige Radtour, die er vor vier, fünf Jahren mit dem Vater entlang des Rheins gemacht hatte. Er hatte sie all die Jahre über ganz vergessen und wusste nicht einmal mehr, von wo bis wohin sie gefahren waren.

*Neuntes Kapitel*

Von nun an dürfe er *tippen*, sagte Frau Meier, als handle es sich um etwas Feierliches, ohne von der Kasse aufzusehen. Christian stellte den großen Plastiksack, in den er die Plastikfolien gepackt hatte, ab und trat neben Frau Meier vor die Kasse. Sie habe ihm soeben seine Verkäufernummer im Kassensystem eingerichtet, fuhr Frau Meier fort. Diese Nummer – die achtzehn – gebe er, bevor er *tippe*, in die oberste Spalte ein, drücke zwei Mal die Enter-Taste und lese dann mit dem Scanner die CDs ein. Je nachdem, wie der Kunde zahle, gebe er entweder den Betrag ein, den er ihm in die Hand drücke – die Kasse springe dann automatisch auf –, oder aber er bestätige mit dem Symbol der entsprechenden Kredit- oder EC-Karte. Die erste Woche dürfe er nur *tippen*, wenn entweder sie selbst, Lisa oder Martin dabeistünden und zusähen. Klassik-CDs würden auf dieser Kasse keine *getippt*, und wolle ein Klassikkunde bei dieser Kasse zahlen, weil die dicke alte Schwuchtel drüben wieder einmal zu langsam sei, müsse er dem Kunden erklären, dass hier die Popabteilung und das die Popkasse sei und also hier nur Pop-CDs *getippt* werden dürften.

Und noch etwas anderes, sagte sie, lehnte sich an die hintere Theke und sah Christian ein, zwei Sekunden an. Sie habe sich überlegt, ihm im Laufe der Monate oder des nächsten Jahres die Verantwortung für das Chansons-Regal zu übergeben – vorausgesetzt, er verfolge das Chansons-Geschehen in Frankreich, was für ihn, einen Franzosen, der in einem französischen Haushalt lebt, wohl nicht zu viel verlangt sei. Ziel sei, dass ihr Chansons-Regal einem französischen Chansons-Regal, also einem Chansons-Regal in Frankreich, in nichts nachstehe, dass ihr Chansons-Regal sozusagen das authentischste der ganzen Stadt, ja der ganzen Schweiz werde. Ob er sich das zutraue?

Christian bejahte, den Erfreuten und Geschmeichelten spielend.

Dann solle er sich, nachdem er den Stapel verschweißt habe, gleich mit dem Chansons-Regal beschäftigen und notieren, welche Interpreten, welche Namensfächer fehlten. Das letzte neue Namensfach sei vor drei, vier Jahren gemacht worden, seither habe sich ja bestimmt eine Menge getan.

Christian machte sich ans Verschweißen. Es war ein Fehler gewesen, so erfreut und geschmeichelt auf ihr Ansinnen zu reagieren, dachte er. Er hätte ihr die Wahrheit sagen sollen: dass er kein Franzose sei, dass er in keinem so genannten französischen Haushalt lebe, dass er keine Ahnung von Chansons und schon gar nicht vom momentanen Chansons-Geschehen habe und dass ihn das Chansons-Regal genauso wenig interessiere wie jedes andere Regal in dieser Abteilung. Er sei kein Popmensch, kein Hochhalter des Pop und damit auch kein Verächter der Klassik, ganz gleich, was für einen Vertrag er damals auch unterschrieben habe. Was, hätte er ihr an den Kopf werfen sollen, was sei denn die gesamte Unterhaltungsmusik gegen das *Siegfried-Idyll*? Bestimmt hätte sie ihm darauf mit glühendem Ernst irgendeine Schweizer-Volksmusik-CD in die Hand gedrückt, die er sich bei einer Abhörstation dann hätte anhören müssen;

er konnte sich bei dieser Vorstellung nur schwer das Grinsen verkneifen.

Plötzlich erschien Peter vor dem Tresen, schweißgebadet: Es tue ihm leid, sagte er zu Frau Meier, die an der Kasse gleichsam erstarrte, aber er könne nicht anders, er müsse jemanden von ihnen bitten, ihm zumindest einen Kunden abzunehmen, sein Mitarbeiter sei erkrankt und er, Peter, allein in der Abteilung; er könne nicht schneller, die Kunden warteten und würden ungeduldig und mürrisch. Noch bevor Frau Meier irgendetwas darauf sagen konnte, war Christian schon unterwegs. Er stieß den weinroten Samtvorhang mit einem Ruck zur Seite und trat ein: Das war sie also, die Klassikabteilung, das gedämpfte Licht, in das die im Vergleich zur Popabteilung kleineren, aber, so schien ihm, feineren Regale getaucht waren. Sein Herz pochte, drohte, sich jeden Moment zu überschlagen. Hinter ihm kam Peter geeilt. Er schien genauso aufgeregt, atmete laut und grinste nervös. Er bedankte sich bei Christian und deutete auf das Stehpult ganz hinten, wo drei, vier Kunden anstanden, ungeduldig die Köpfe zu ihnen gedreht. Peter entschuldigte sich bei einer älteren Frau, die er kurz stehengelassen hatte. Sein Kollege kümmere sich um ihn, sagte er zu einem kleinen, hageren Mann mit Brille, weißem Schnauzbart und erstaunlich dichtem, nach hinten gekämmtem Haar, der hinter der Frau stand und sichtbar ungeduldig wirkte. Er wandte sich sogleich an Christian.

Brahms, *Vierte Sinfonie*, Hans Knappertsbusch, sagte er in schönstem Schriftdeutsch.

Bei den Komponisten unter B, rief ihm Peter zu und wies ihm das entsprechende Regal. Christian ging, von dem Herrn gefolgt, darauf zu und sah eine CD nach der anderen auf den Namen Knappertsbusch durch. Er hatte sich nicht anmerken lassen, dass er den Namen noch nie gehört hatte. Die gewünschte Aufnahme war nicht da. Er entschuldigte sich für einen Augenblick bei dem Herrn und wandte sich an Peter, der, in einen dicken Katalog vertieft, noch immer die ältere Frau bediente. Alle anderen, die vorhin noch angestanden hatten, waren verschwunden. Diese CD sei normalerweise am Lager, erklärte ihm Peter, Christian könne dem Herrn sagen, sie sei spätestens ab Freitag für ihn auf die Seite gelegt. Sicherheitshalber solle er sich seinen Namen notieren, fügte er noch hinzu und drückte Christian einen Zettel und einen Kugelschreiber in die Hand. Christian kehrte zu seinem Kunden zurück und unterbreitete ihm, was Peter gesagt hatte.

Er bleibe nur noch einen Tag in Zürich, sagte der Mann, bedankte sich bei Christian und verabschiedete sich mit einem kräftigen Händedruck. Nur zu gern hätte Christian ihn gefragt, woher er sei und was er hier in Zürich mache. Die Dame, die Peter bis jetzt bedient hatte, verließ nun ebenfalls den Laden. Christian stellte sich zu ihm ans Stehpult.

Ob er schon einmal etwas von Knappertsbusch gehört habe?, fragte ihn Peter.

Seit wenigen Augenblicken wisse er lediglich, dass er Brahms' *Vierte Sinfonie* dirigiert habe, antwortete Christian.

Er solle mitkommen, sagte Peter, machte den Katalog zu und führte Christian in die Opern-Abteilung. Das war sie also, die „Operissimo"-Ecke, von welcher der

Vater ihm kurz vor der Abreise nach Vermeille erzählt hatte.

Peter bückte sich zur untersten Regalzeile, zog eine CD heraus, reichte sie Christian: *Richard Wagner, Die Walküre, Erster Akt, Kirsten Flagstad, Van Mill, Svanholm, Hans Knappertsbusch, Wiener Philharmoniker.*

Der allerschönste erste Akt der *Walküre* überhaupt, sagte Peter. Diese brodelnde Tiefe, aus der Knappertsbusch die Musik erklingen lasse, sei ihm, Peter, seit jeher ein Rätsel. An den Celli allein, die, so finde er, zwar wesentlicher Bestandteil des Knappertsbusch'schen Klanges seien, könne es nicht liegen. Auch die Tempi seien jedes Mal aufs Neue beeindruckend und einnehmend: Langsam, aber nicht schleppend, habe Knappertsbusch öfter zum Orchester gesagt. Knappertsbusch habe nur selten geprobt, er habe einen ganz anderen Begriff, eine ganz andere Vorstellung, ein ganz anderes Ideal des Dirigierens gehabt als beispielsweise Karajan, auch als Furtwängler, überhaupt als viele seiner Kollegen. Es gebe für ihn keinen anderen Dirigenten, der absichtsloser dirigiere als Knappertsbusch. Diese Aufnahme, das wisse er, Peter, aus verlässlicher Quelle, habe Knappertsbusch seines Alters wegen im Sitzen dirigiert. Mit zunehmendem Alter habe er nur einen Finger rühren, die Augenbrauen heben, nur kleinste, subtilste Bewegungen zu machen brauchen, und das Orchester habe verstanden und diesen Knappertsbusch'schen Klang hervorgezaubert. Irgendwo habe er einmal im Zusammenhang mit Knappertsbusch von einem sogenannten *deutschen Klang* gelesen. Er müsse Christian diesbezüglich zur Vorsicht mahnen: Wagner sei gefährlich, Wagners Wirkung habe eine Geschichte...

Da habe er es – ein derber Kehllaut unterbrach Peters Ausführungen jäh. Frau Meier stand hinter ihnen mit einem um ein, zwei Köpfe größeren und fast doppelt so breiten, gut fünfzigjährigen Herrn in hellem Anzug, mit Krawatte und grau-schwarzem, nach hinten gekämmtem Haar. War es Herr Buck höchstpersönlich?, fragte sich Christian. Frau Meier verschränkte die Arme, pflanzte sich auf wie ein grimmiger Türsteher und sah von oben herab auf Christian und Peter.

Was sie da täten, fragte Herr Buck – Christian ging davon aus, dass er es war – streng. Seine Nasenlöcher waren bedrohlich weit aufgerissen.

Er sei soeben im Begriff gewesen, Christian etwas über Hans Knappertsbusch zu erzählen, entgegnete Peter ruhig und gefasst.

Er habe nicht zu erzählen und schon gar nicht einem Lehrling aus der Popabteilung, der nicht hier sein und den eine Erzählung über Knappertsbusch wohl kaum interessieren dürfte, fuhr ihn Herr Buck an. Dabei beäugte er Christian mit hochgezogenen Augenbrauen fordernd, beinahe erpresserisch.

Knappertsbusch interessiere ihn durchaus, versuchte Christian dagegenzuhalten, aber seine Stimme zitterte unüberhörbar, außerdem hatte er, warum auch immer, den Mund zu einem freundlichen Lächeln verzogen, so dass auch sein rechter Mundwinkel ins Zittern geraten war.

Interessant, sagte Herr Buck kühl. Christian komme jetzt mit in sein Büro, und was ihn, Peter, angehe, so solle er, sobald sein Mitarbeiter wieder hier sei, seine sieben Sachen packen und von hier verschwinden und den

Laden nicht wieder betreten, auch nicht als Kunde. Ob er verstanden habe? Er wartete Peters Antwort gar nicht erst ab, drehte sich um und rauschte in Richtung Samtvorhang, schob ihn mit einem groben Ruck zur Seite. Christian folgte Herrn Buck und Frau Meier. Vor lauter Angst vergaß er, Peter einen solidarischen Blick zuzuwerfen.

Herr Buck stand schon im Lift, Frau Meier wartete halb drinnen, halb draußen, den Liftknopf immer wieder drückend, damit die Tür nicht zuging. Als Christian zustieg, drückte Herr Buck den obersten Knopf. Frau Meier lehnte mit verschränkten Armen an der Liftscheibe, den Blick gesenkt und mit einem Gesichtsausdruck, als mache ihr das alles zu schaffen, als betrübe sie dieser Vorfall zutiefst. Dabei war die Genugtuung, die sie neben dem großen und offensichtlich ziemlich mächtigen, vielleicht sogar obersten Herrn dieses Hauses verspürte, nicht zu übersehen.

Herr Buck sah starr vor sich hin, mit leicht erhobenem Kinn, die Hände in den Sakkotaschen. Christian lehnte mit dem Rücken an der Wand, sah zu Boden, in der Hand die Knappertsbusch-CD, die er an seinen rechten Oberschenkel presste. Als der Lift oben ankam, ließ Herr Buck Frau Meier den Vortritt; im Gang hielt sie ihm die Glastür auf, die in sein Büro führte. Neben der Tür erspähte Christian aus dem Augenwinkel ein Schild „Urs Meuli, Filialleiter". Christian hatte es also nicht mit dem obersten Chef persönlich, sondern einem seiner Stellvertreter zu tun, einem, der sich wohl jahrelang bis in dieses Büro *hochgehasst* hatte. Ob er als Klassikmensch oder als Popmensch hier angefangen hatte? Schlussendlich machte das keinen Unterschied, wer oben war, war oben. Pop und Klassik, das war in diesem Laden Mittel zum Zweck, das war Doping für die Mitarbeiter, nichts weiter, dachte Christian.

Das Büro von Herrn Meuli war ein großer, weißer, kalter Raum, in der Mitte ein blau getönter Glasschreibtisch, dahinter ein Stuhl aus poliertem Metall mit schwarzem Leder als Sitz- und Lehnfläche. An der Wand rechts vom Schreibtisch ein hellbrauner Ohrensessel, daneben ein schwarzer Kleiderständer; an der Wand links vom Schreibtisch auf den Zentimeter genau dasselbe Arrangement, wie eine Spiegelung. Herr Meuli hatte in seinem Stuhl Platz genommen, Frau Meier flankierte ihn zu seiner Rechten, mit verschränkten Armen. Sie wirkte lächerlich, nicht nur, weil sie die Symmetrie des Raums störte. Christian stand dem sitzenden Herrn Meuli genau gegenüber.

Er habe von ihm gehört, fing Herr Meuli an, beide Hände unter dem Kinn ineinander gelegt, bis zu diesem Zeitpunkt nur Gutes. Er hielt einige Sekunden lang inne, wohl um besonders einschüchternd zu wirken.

Frau Meier habe ihm erzählt, er komme aus Frankreich, er sei Franzose.

Er sei kein Franzose, entgegnete Christian trocken, und diesmal war kein Zittern mehr in seiner Stimme. Seine Mutter sei lediglich in Frankreich geboren und aufgewachsen, fuhr er fort, was das mit ihm selbst zu tun habe? Dass er Franzose sei, habe er ihnen bloß vorgemacht, weil er gedacht habe, das komme gut an in einem Laden, in dem das Chansons-Regal eine so große Bedeutung habe, aber in Wirklichkeit sei ihm Frankreich und alles Französische und die Franzosen fremd und er in Frankreich ein Fremder. Er sei Schriftdeutscher, sagte Christian und wunderte sich über sein eigenes zynisches Grinsen: Er hatte das letzte Wort schweizerdeutsch ausgesprochen.

Herr Meuli lachte auf, als stimme er in Christians Grinsen ein. Was zum Teufel denn ein Schriftdeutscher sei?, fragte er, zu Frau Meier gewandt, die sich, anstatt schurkisch mitzulachen, lediglich zu einem überheblichen Lächeln zwang und mit den Schultern zuckte. Nun, wie auch immer, sagte Herr Meuli in einem plötzlich anherrschenden Ton und legte seine Hände ineinander gefaltet auf den Tisch. Ob Christian wisse, weswegen er hier stehe?

Christian verneinte, den Nichtsahnenden spielend.

Er habe nichts in der Klassikabteilung zu suchen, zischte Herr Meuli ihn an, er sei Popabteilungslehrling und gehöre damit dem Poplager des Geschäftes an und sei damit ein Popmensch, ob er sich daneben nun als Franzose oder als Schriftdeutscher oder weiß der Teufel was fühle.

Er sei kein Popmensch, entgegnete Christian und gab sich Mühe, genauso zu zischen wie Herr Meuli, er sei kein Popmensch und auch kein Teil des Poplagers in diesem Haus.

Frau Meier sah Christian fassungslos an, und als Christian sie fixierte, wandte sie ihren Blick sofort auf Herrn Meuli; der aber grinste nur, halb überheblich, halb gelassen.

Hätte Christian das hier und jetzt unter anderen Umständen gesagt, holte er in ruhigem Ton aus, so würde er ihn sofort als nächsten Klassikmitarbeiter einstellen und große Hoffnungen in ihn setzen. Nur: Wer versichere ihm, dass er morgen nicht genauso die Klassik und alles Klassische und jeden Klassikmenschen dieses Ladens hassen und verachten würde wie heute den Pop und alles Poppige und jeden Popmenschen? Und wer versichere ihm, dass er morgen nicht behaupten werde, er sei Spanier oder Italiener oder Amerikaner oder sonst etwas? Wer versichere ihm, dass er bleibe, wer er sei? Und wer versichere ihm, dass er wirklich sei, wofür er sich ausgebe und wofür er sich halte?

Christian war kurz davor, ihn anzuspucken; er dachte sogar daran, die Knappertsbusch-CD nach den beiden zu werfen, ging dann zur Glastür, riss sie auf, blieb an der Schwelle kurz stehen, suchte nach Schimpfwörtern, die er ihnen an den Kopf werfen konnte. Da ihm keines einfiel, knallte er die Glastür hinter sich zu und stürmte – obwohl der Glaslift bereitstand – das Stiegenhaus hinunter, vorbei am Eingang einer jeden Abteilung. Im Erdgeschoss bog er ein in die Popabteilung, nahm, zum Tresen hastend, hinter dem Lisa und Martin tuschelten, sein Namensschild ab, schmiss es ihnen nach, ohne sie anzusehen, und verließ den Laden, die Knappertsbusch-CD in der Hand, endlich durch die Glasschiebetür. Der Himmel leuchtete blau, die Zifferblätter des Fraumünsters und der Sankt-Peters-Kirche glänzten, und Christian stampfte, von Wut und Freude zugleich getrieben, in Richtung Hauptbahnhof.

Sollte es damals eine Fügung gewesen sein, sagte er sich, so war das, was soeben geschehen war, genauso eine. Er hatte das Richtige getan, es war das Richtige geschehen. Nie wieder diese Frau Meier sehen, diese Lisa, diesen Martin, und nie wieder diesen Luca, diesen Carlos, diesen Besim. Aber was war mit Peter? Nicht einmal eine Telefonnummer oder eine E-Mail-Adresse hatte er, da war jedoch ein festes Vertrauen, sie würden sich wiedersehen, irgendwo, irgendwann.

Auf dem Limmatquai hatte er das Gefühl, dass etwas zu Ende ging. Aber was? Er dachte an Gianni. Bis vor kurzem noch hatte er Gefallen daran gefunden hatte, mit ihm gegen die Schweiz und gegen die Schweizer zu wettern. Im Grunde genommen war das alles Heuchelei gewesen. War er, um sich als Nichtschweizer, als Ausländer zu fühlen, nicht auf die Schweiz angewiesen gewesen? Hatte die Schweiz zu hassen nicht zugleich geheißen, sich an sie zu klammern? War sie demnach nicht die ganze Zeit über Teil von ihm gewesen? Schweizer, Ausländer, Franzose, Schriftdeutscher, Popmensch, Klassikmensch: All diese Zuschreibungen verschwammen nun ineinander und wurden unscharf. Er wusste nichts mehr, außer dass er weg von hier musste, so bald wie möglich.

Weg wohin?

Er überquerte die Bahnhofsbrücke, das Vierer-Tram stand an der roten Ampel, daneben eine Autoschlange. Christian empfand den Verkehr als ein gedämpftes, fernes Rauschen, das ihn nichts anging. Ihm schien, als ziehe sich all das, was ihn umgab, langsam von ihm zurück. Und doch: Er spürte den Boden unter den Füßen, als sei es das erste Mal.

In der Schnellbahn stellte er sich vor, wie er alles, was soeben bei Buck geschehen war, den Eltern erzählte. Anders als nach dem Gespräch mit Herrn Freier hatte er es jetzt nicht besonders eilig, nach Hause zu kommen. Zuerst würde er sich die *Walküre* anhören und dabei den Text mitlesen, Wort für Wort, und dann würde irgendwann die Mutter oder der Vater nach Hause kommen, sie würden an seine Tür klopfen.

Ein ungewohntes Gefühl, um halb zwölf Uhr vormittags schon die Kirchenstiegen hinaufzugehen. Hoffentlich war die Mutter nicht zu Hause; ihm bangte vor ihrer Reaktion viel mehr als vor jener des Vaters. Er sah sich um, ob der Hauswart der Kirche nicht irgendwo zu sehen war; er hätte sich alle Zeit genommen, mit ihm zu reden, über das Wetter, über die Hochzeit seiner Tochter. Wahrscheinlich war er noch in Kroatien.

Als er in das Haus eintrat, blieb er, nachdem er die Tür leise geschlossen hatte, stehen, lauschte, ob jemand zu Hause war. Da hörte er vom oberen Gang die Mutter herunterrufen: Wer hier sei?

Er antwortete nicht, blieb wie angewurzelt stehen. Die Mutter kam die Stiegen herunter. Was er hier mache?, fragte sie verwundert und sah auf die CD, die er in der Hand hielt.

Er habe gerade die Lehre abgebrochen, sagte er, immer noch reglos.

Die Mutter wurde tiefrot im Gesicht, und ohne ein Wort zu sagen, lief sie an ihm vorbei und die Stiege hinunter, die ins Zimmer des Vaters führte. Ein paar Sekunden später kam sie mit dem Vater herauf und befahl Christian mit ihrem strengsten Blick, sich an den Esstisch zu setzen. Christian ging vor, setzte sich an seinen Platz. Die Mutter setzte sich an den ihren, der Vater an den seinen.

Christian erzählte ihnen in jeder Einzelheit, was sich abgespielt hatte. Die Mutter führte immer wieder ihre Hände vors Gesicht. Als er erzählte, was er Herrn Meuli entgegnet hatte, glaubte er, sie hole gleich zu einer Ohrfeige aus. Der Vater hörte ernst und gelassen zu, ohne etwas zu sagen.

Er steige jetzt mit ihr ins Auto und entschuldige sich bei Frau Meier und Herrn Meuli – und auch bei Martin und Lisa, befahl die Mutter.

Nein, entgegnete Christian, er habe mit diesem Geschäft und diesen Menschen abgeschlossen. Eine Lehre sei das Allerstumpfsinnigste, was es gebe. Und er habe nicht nur mit diesen Menschen vom Musikgeschäft, sondern – das habe er auf dem Heimweg festgestellt – überhaupt mit der ganzen Schweiz abgeschlossen. Er wolle weg von hier.

Die Mutter schlug mit der flachen Hand auf den Tisch, Christian zuckte zusammen.

Das dürfe nicht wahr sein, schrie sie, sie habe es satt, sie wisse nicht mehr, was sie mit ihm tun solle! All die Aufstände von seinem 13. Lebensjahr an, und jetzt diesen an den Haaren herbeigezogenen Hass auf die Schweiz! Sie habe kürzlich mit einer ihrer Freundinnen über ihn geredet; ob er wissen wolle, was diese gesagt habe? Dass sie nicht glauben könne, dass sie, die Mutter, all das mit einem einzigen Kind, mit ihm, Christian, durchmachen müsse.

In diesem Augenblick läutete sein Handy. Es war Gianni. Christian stand auf, die Mutter seufzte, er ging aus dem Wohnzimmer und hob ab.

Ob er noch lebe?, fragte Gianni scherzhaft.

Er habe diese und letzte Woche bei Buck eine Überstunde nach der anderen einlegen müssen, sagte Christian.

Ob Christian Lust habe, diesen Abend auszugehen, zur Ausländerparty am Escher-Wyss-Platz? Er, Gianni, brauche nur die Zwillinge anzurufen und ihn, Christian, auf die Gästeliste zu setzen.

Da kam die Mutter aus dem Esszimmer auf ihn zu. Ihr Gesicht war rot und tränenüberströmt. Sie schluchzte. Sie ging an ihm vorbei, die Stiegen hinauf und knallte oben die Tür ihres Zimmers zu.

Christian war verstört. Er wollte das Gespräch rasch hinter sich bringen.

Er könne leider nicht mit, er habe in zwei Tagen eine Betriebswirtschaftsprüfung, für die er lernen müsse. Er rufe später an. Christian ging zurück ins Esszimmer, wo der Vater an seinem Platz saß. Was mit der Mutter los sei?, fragte er.

Der Vater holte tief Luft. Er habe ihr vorgeschlagen, ihn, Christian, nach Wien an eine so genannte Maturaschule zu schicken. Er habe eine Freundin in Wien, deren Sohn diese Schule besuche; er habe nur Gutes davon gehört. Die Schule dauere zwei Jahre, das sei weniger als jede andere so genannte Maturitätsschule hier in der Schweiz. Die Mutter habe sofort zu weinen angefangen, als er ihr diesen Vorschlag unterbreitet habe: Das könne er nicht machen, nicht jetzt, wo Christian sich in seinem antischweizerischen Komplex befinde und sich wieder irgendeinen Floh ins Ohr gesetzt habe.

Wenn es ihm, Christian, hier nicht gefalle, habe er ihr geantwortet, wenn er die Schweiz satt habe, mit der Schweiz nicht zurechtkomme, solle er eben woanders hin. Und Wien sei alles andere als die Fremde: Es sei schließlich die Stadt, in der Christian geboren, in der er getauft worden sei, in der er die ersten Monate seines Lebens verbracht habe. Außerdem habe der Vater seine Schwester und Freunde dort, ehemalige Studienkollegen, kurz: genügend Leute, die ihm helfen könnten, dort Fuß zu fassen. Was Christian davon halte?

Christian hätte den Vater am liebsten umarmt. Er stand auf, ging wie benommen – er bemerkte, dass er strahlte – hinaus in den Gang, schlüpfte in seine Schuhe. Er ging die Einfahrt hinunter. Wahrscheinlich, dachte er, weinte die Mutter, weil sie wusste, dass es keine Alternative gab, dass etwas anderes nicht in Frage kam, dass sie machtlos war. Sein Handy hatte er zu Hause liegen lassen; er konnte sich nicht vorstellen, das alles Gianni zu erzählen. Ihm schien, sie sprächen nicht mehr dieselbe Sprache. Er bog in die Straße ein, die hinauf in den Wald führte. Ihm fiel ein, dass der Vater auf diesem Waldweg jahrelang morgens gejoggt war. Zu seinem Geburtstag – Marie und er waren nicht älter als zehn, elf – hatten sie einmal dort auf einer Wiese, auf der zwei Apfelbäume standen, als Familie gepicknickt. Christian erinnerte sich, wie Marie und er davor die Radieschen im Garten geerntet und in Küchenpapier gewickelt hatten.

Er drehte ruckartig um. Er durfte sich diesen Erinnerungen nicht hingeben.

Der Vater hatte Recht, dachte er. Wer oder was hielt ihn noch hier?

Alle Rechte vorbehalten. Kein Teil dieser Publikation darf in irgendeiner Form oder in irgendeinem Medium reproduziert oder verwendet werden, weder in technischen noch in elektronischen Medien, eingeschlossen Fotokopien und digitale Bearbeitung, Speicherung etc.

Bibliografische Information der Deutschen Nationalbibliothek
Die Deutsche Nationalbibliothek verzeichnet die Publikation in der Deutschen Nationalbibliografie; detaillierte bibliografische Daten sind im Internet über http://dnb.ddb.de abrufbar

© 2013 müry salzmann
Salzburg – Wien, Austria
Lektorat: Silke Dürnberger
Gestaltung: Müry Salzmann Verlag
Druck: Theiss, Wolfsberg
ISBN 978-3-99014-081-9
www.muerysalzmann.at